文春文庫

大《おお》晦《つごも》り

新・酔いどれ小籐次（七）

佐伯泰英

文藝春秋

目次

第一章　剣風変わる　9
第二章　陰の者　71
第三章　見張り　136
第四章　雪染まる　200
第五章　三色交趾《さんしょくこうち》　267

「新・酔いどれ小籐次」おもな登場人物

赤目《あかめ》小《こ》籐次《とうじ》
元豊後森藩江戸下屋敷の厩番。主君・久留島通嘉が城中で大名四家に嘲笑されたことを知り、藩を辞して四藩の大名行列を襲い、御鑓先を奪い取る（御鑓拝借事件）。この事件を機に、〝酔いどれ小籐次〟として江戸中の人気者となる。来島水軍流の達人にして、無類の酒好き。

赤目駿太郎
小籐次を襲った刺客・須藤平八郎の息子。須藤を斃した小籐次が養父となる。愛犬はクロスケ。

赤目りょう
小籐次の妻となった歌人。旗本水野監物家の奥女中を辞し、芽柳《めやなぎ》派を主宰する。須崎村の望外川荘に暮らす。

勝五郎
新兵衛長屋に暮らす、小籐次の隣人。読売屋の下請け版木職人。

新兵衛
久慈屋の家作である新兵衛長屋の差配だったが、呆けが進んでいる。

お麻
新兵衛の娘。父に代わって長屋の差配を勤める。夫の桂三郎は錺《かざり》職人。

お夕
お麻、桂三郎夫婦の一人娘。駿太郎とは姉弟のように育つ。

久慈屋昌右衛門
芝口橋北詰めに店を構える紙問屋の主。小籐次の強力な庇護者。

観右衛門　久慈屋の大番頭。

おやえ　久慈屋の一人娘。番頭だった浩介を婿にする。

秀次　南町奉行所の岡っ引き。難波橋の親分。小籐次の協力を得て事件を解決する。

空蔵《そらぞう》　読売屋の書き方兼なんでも屋。通称「ほら蔵」。

うづ　弟の角吉とともに、深川蛤町裏河岸で野菜を舟で商う。小籐次の得意先で曲《わげ》物《もの》師の万作の倅、太郎吉と所帯を持った。

美造《よしぞう》　竹藪蕎麦の亭主。小籐次の得意先。

梅五郎　浅草寺御用達の畳職備前屋の隠居。息子の神太郎が親方を継いでいる。

久留島通嘉《くるしまみちひろ》　豊後森藩八代目藩主。

池端恭之助　久留島通嘉の近習頭。

創玄一郎太　森藩江戸藩邸勤番徒士組。小籐次の門弟となる。

田淵代五郎　創玄一郎太の朋輩。同じく小籐次の門弟となる。

智永　望外川荘の隣にある弘福寺の住職・向田瑞願の息子。

青山忠裕《ただやす》　丹波篠山藩主、譜代大名で老中。小籐次と協力関係にある。

おしん　青山忠裕配下の密偵。中田新八とともに小籐次と協力し合う。

大晦《おおつごも》り

新・酔いどれ小籐次㈦

第一章　剣風変わる

一

風もなくおだやかな日和だった。

一方で師走はなにかと気忙しい。

芝口橋を往来する大八車も辻駕籠も掛取りの手代らも前かがみになって早足でいく。橋下の御堀の流れを行く荷船も船頭の顔付きがいつもと違う感じだ。

そんな中、浅草寺の歳の市で売り出された注連飾《しめかざ》りを購ったお店《たな》の主風の男が歩いていくのもこの時節ならではの光景だ。

赤目《あかめ》小籐次《ことうじ》は、紙問屋の久慈屋《くじや》の店先の一角に研ぎ場を設えて仕事に励んでいた。この周りには、いつもと変わらぬ砥石の上を刃が滑らかに押し引きされる音が律動的に響いて、世間とは一線を画した静けさと緊張が漂っていた。

小籐次の動きが止まり、久慈屋の紙切包丁の刃を指の腹で、
すうっ
となぞり、満足げに頷くのを見て大番頭の観右衛門《かんえもん》が声をかけた。

「赤目様、一休みなさいませんか」

後ろを振り向いた小籐次が、

「ようございますな」

と応じて研いでいた包丁を木桶の水で洗い、砥石の粉を落とした。

久慈屋の台所の広い板の間には火鉢が入って、鉄瓶が五徳の上で、
しゅんしゅん
と音を立てていた。

観右衛門が手際よく急須に茶葉を入れて湯を注いだ。

「赤目様、ちと湯が煮立っておりますでな、気をつけて下され」

「少し冷まして喫しまする」

と答える小籐次に通いの女中頭のおまつが、

「葛餅はどうだね、大番頭さん、赤目様」

と尋ねた。

「葛は大好物です、吉野ですな」

「いえ、浜松で採れた葛粉だべ」

おまつは時折在所訛《なま》りが出た。

「頂戴してみましょう」

観右衛門が応じて、おまつが、

「酔いどれ様は葛餅より酒のほうか」

「いや、日が高いうちから酒はいかぬ。わしも葛餅を頂戴しよう」

おまつが皿に載せてきた葛餅に手を出した観右衛門が、

「森藩の剣術指南は、明日にございましたな」

と小籐次の顔を見た。

「いかにもさよう、今年最後の教えに参る」

「少しは上役方の剣術熱は、高まりましたかな」

小籐次はしばらく無言であったが、

「池端恭之助《いけはたきょうのすけ》どのに苦労をかけておる」

と答えた。

池端恭之助は、豊後森藩の江戸藩邸近習頭《きんじゅがしら》だ。藩主の久留《くる》島《しま》通嘉《みちひろ》の信頼も厚い家臣だった。

一方、小籐次はかつて森藩下屋敷の厩番《うまやばん》であった。それがただ今では江戸で武勇を知られた、

「酔いどれ小籐次」

として名を売っていた。その経緯《いきさつ》はもはや繰り返すまい。

藩主の通嘉は、小籐次になんとしても帰藩してもらいたかった。だが、小籐次は、通嘉の懇願にも首を縦に振らず、

「覆水盆に返らずにございます」

と拒み続けていた。

きっかけがなんであれ、一度市井の暮らしを知った小籐次にとって、武家奉公は肌に合わぬものでしかなかった。

奉公の折の給金は三両、それも半金が出たり出なかったり、内職が下屋敷の暮らしを支えていた。給金のことより勝手気ままな市井の暮らしがすでに小籐次の肌に馴染んでいた。

小籐次は、武家奉公とは違った町家の日々を知ったとき、月とスッポンだと思

った。

それでも通嘉は、小籐次に絆を持ち続けることを強く望み、小籐次はその願いを拒み切れずに、月二度の剣術指南を引き受けることになった。なにより小籐次には、

「主君は久留島通嘉」

という気持ちが強くあった。

だが、いくら藩主の命とは言え、下屋敷の厩番だった男に武士の表芸の剣術を習うことを上役の大半が嫌がった、無視した。

折しも藩主は参勤下番《かばん》で国許に戻り江戸にいなかった。

剣術指南赤目小籐次と上役の間を通嘉の信頼の厚い池端恭之助がなんとかつなげようとしていたが、池端の心労が深まるばかりで成果は上がらなかった。

「ダメですか」

「若い家来たちはなんとのう剣術稽古の面白さを知ったようです。ですが、藩邸の中士以上の方々は、そっぽを向いたままです」

「いけませぬな」

と慨嘆した観右衛門が小籐次の顔に目をやって、

「いえ、いけませぬのは、森藩の方々です。ただ今の赤目小籐次様がどのような力をお持ちかご存じない。知ろうともなさらない。森藩にとって大きな損失でございますぞ」

「さあてそれは」

と小籐次は言葉を飲み込んだ。

二人は少し冷めた茶を喫した。

「師走の時節、空気が乾いておりますで、茶がことさら美味い」

と小籐次が呟いた。

観右衛門と小籐次は、茶を喫し、葛餅を食しながら昼下がりのひと時を過ごした。

そのとき、二人は期せずして熱海湯治行の日々を思い浮かべていた。

「赤目様、どうですな。打ち身は」

先手を打つように観右衛門が先に聞いた。

小籐次は茶碗を手に観右衛門を見て、

「お蔭様で打ち身の痛みや違和は全く残っておりません。あの折、大旦那どのに誘って頂いて真《まこと》によかった、贅沢な日々でございましたな。ふと熱海の諸々の光景が懐かしく思い出されます」

「ようございましたな。私も、赤目様にごいっしょさせて頂いて、これまで気付かなかった老いを熱海の湯が教えてくれました。そのせいか歳は歳なりにすっきりとして生き返った気分です」

観右衛門の言葉に小籐次も頷いた。

熱海に十数日逗留し、温泉三昧の静養を続けた甲斐あって、らくだに引っ張られて落馬した小籐次の腰の打ち身は治っていた。まず須崎村で治療を受けていた鍼灸師《しんきゆうし》の宇山宗達が小籐次の顔色と動きを見て、

「おや、酔いどれ小籐次様、蘇ったようだな」

とご託宣し、そのあと、五体を丁寧に調べていった。

「おお、湯治に行く前は歪《いびつ》であった肩の左右がきちんと戻っておる。それにどの筋にも強張りはない。さすがに普段から鍛えてきた体じゃな。動きも軽かろう」

「いかにもさよう。体のどこにも無理がない」

「顔さえ見なければ四十過ぎの体と思えるぞ」

と褒めたものだ。

「なに、体は元に戻ったが、顔は若返らぬか」

「血流は大いによくなっておる。じゃが、顔に刻み込まれた皺《しわ》は、酔いどれ小籐次の戦いの痕跡、年輪よ。よう詰まってしっかりとした年相応な顔じゃ」

宇山宗達が好き放題な診断を為した。

その診断を受けて小籐次は、弘福寺の本堂道場におよそ一月ぶりに立った。そこには駿太郎《しゅんたろう》、創玄一郎太《そうげんいちろうた》、田淵代五郎《たぶちよごろう》、寺の倅の智永、それに荷足り船の船頭の己之吉の五人が顔を揃えていた。

「お帰りなされ、師匠」

小籐次とおりょうが留守の間、望外川荘《ぼうがいせんそう》に寝泊まりしていた一郎太が皆を代表して改めて声をかけた。むろんその前日に小籐次とおりょうは、久慈屋の船で須崎村まで送られてきたゆえ、一郎太らとは顔合わせしていた。

だが、武人赤目小籐次が復活を遂げたかどうかは、本堂道場での動きぶりで判断なると一郎太らは内心思っていたのだ。

湯治に小籐次が行く切っ掛けになったのは駿太郎との立ち合いで、俊敏な動きについて行けず、あっさりと一本を取られたことだった。

小籐次が小籐次に戻ったかどうかは、駿太郎との立ち合いで判明すると一同が考えていた。

小籐次と駿太郎父子は、本堂道場で竹刀を手に向き合った。

「駿太郎、遠慮は無用じゃ。手を抜いてわしに自信を取り戻させようなど考えるな、無益じゃぞ。いくら老いたとはいえ、赤目小籐次、それくらいの判断はつくでな」

小籐次の言葉に駿太郎が、はい、とだけ答え、竹刀を正眼に構えた。その顔付きは真剣だった。

駿太郎にとって小籐次は、剣術家として富士の高嶺のように手さえ触れることはできぬ頂きであった。それが落馬したのが原因で腰を痛めた。それも鍼灸の治療で治ったと思ったのに、道場で駿太郎に対決してみるとあっさりと一本取られた。

その場に立ち会った皆にとって愕然とした光景であった。いや、一番衝撃を受けたのは駿太郎自身だった。

御鑓《おやり》拝借以来の数多《あまた》の修羅場を潜り抜け、勝ちを得て来た赤目小籐次は天下無双の武人でなければならなかった。

あの時以来、父と子は、互いに複雑な想いと懸念を抱いて対戦した。

相正眼に構えた二人は、長い刻限、最初の間合のまま対峙して動かなかった。

小籐次は瞬時に駿太郎が留守の間も厳しい稽古を続けてきたことを見抜いていた。隙のない構えと面付《つらつ》きがその証だった。

駿太郎も父の体が元へと戻ったことを直感的に察知していた。だが、

(どこか前と違う)

と感じていた。その違いがどこから来るのか、まだ十一歳が残り少なくなったばかりの駿太郎には分析できなかった。

小籐次は、春風駘蕩《しゅんぷうたいとう》として竹刀を構えていた。体のどこにも力みがなく小籐次は弘福寺の本堂道場の空気に溶け込んで立っていた。

やはり、

(父上の体は治った)

と考え、

(いや、別の人に変わられたようだ)

と思い直した。

そのとき、本堂に瑞願和尚が姿を見せて親子の対決に目を見張った。

「参ります」

駿太郎が声を張り上げて竹刀を上段に差し上げながら、一気に間合を詰めて鋭

い面打ちを放った。

「おおー」

寺の放蕩息子の智永が、駿太郎の険しい攻めが決まった、と考えて思わず声を漏らしていた。

小籐次は不動の姿勢で駿太郎の面打ちを、そよりと弾いた。その弾き方がなんとも軽やかだった。小籐次の気が駿太郎の竹刀に纏《まと》わりついて攻めを封じたような感じだった。

駿太郎は、次々に素早く技を繰り出した。

小籐次は駿太郎の攻めを、そよりそより、と悉《ことごと》く封じた。

子は父の受けが以前より、

「内懐《うちぶところ》」

に引き寄せて弾き返していることを感じとっていた。

駿太郎がその間合まで詰め寄ったのではない。小籐次がその間合まで呼び込んで応じているのだ。

駿太郎はひたすら攻めた、攻め続けた。

これまで体に積み重ねてきた渾身の技を本能の赴くままに繰り出していた。だが、父は悠然と受け流していた。

（父上は完全に蘇られた）

と思った。

嬉しさに駿太郎の動きがさらに一段と機敏に迅速玄妙になった。だが、小籐次は、その駿太郎の仕掛けを悠然と、淡々と避《よ》け続けた。

「おい、一郎太さん、酔いどれ様は、体が動かないのか。手先だけで駿太郎ちゃんの攻めに応じているぞ」

「智永さん、違う。赤目様は全身を使って駿太郎さんに応じておられるのだ。それが分らぬか」

智永に一郎太が小声で答えたとき、駿太郎が、
ふわり
と後ろに飛び下がり、その場に座した。

「父上、お稽古有難うございました」

小籐次は、黙したまま頷いた。

子は父が復活したことを、いや、これまで以上の高みに上がったことを確信した。

小籐次が和尚に声をかけた。

「和尚、心配をかけたな。らくだがな、赤目小籐次に『歳を考えよ』と教えてくれたわ」

「その教えを乗り越えたのはさすが酔いどれ小籐次だ」

「和尚、乗り越えたかどうか分らぬ」

小籐次はそう答えながら、以前の己とは違う境地にあることを駿太郎との立ち合いで知った。

(駿太郎は確実に成長した)

そう思わされた立ち合いでもあった。

それが熱海の湯治行から須崎村に戻った翌朝のことだった。

あれから長閑《のどか》な日々が続き、小籐次はいつもの暮らしに戻っていた。そして、いつしか師走を迎えていた。


「大番頭どの、馳走に与《あずか》った」

と礼を述べた小籐次は仕事に戻るために店先の研ぎ場に戻った。

観右衛門は小籐次の背を見送りながら、

（変わった）

と思っていた。

なにかが確かに変わったのだが、なにが変わったかそれが摑めなかった。

熱海の滞在中も帰りの道中も考えなかったことだ。だが、赤目小籐次は、江戸に戻ってなにかが変化していた。

「大番頭さん、どうしたね」

女中頭のおまつが思案に落ちた観右衛門に聞いた。

「うむ、なにか以前の赤目様と変わったようでな」

「そう、変わったかね。私には以前より若くなったように感じられるだけだがね」

「若くなったか」

観右衛門には釈然としなかった。

以前の赤目小籐次は天下無敵の剣術家であった。だが、ただ今の赤目小籐次は、御鑓拝借、小金井橋十三人斬りなど数々の勲《いさお》しを重ねていた折の「酔いどれ小籐次」ではなかった。それがなにか観右衛門には摑めなかった。

「大番頭さん、考え過ぎではねえか。赤目様は赤目様だべ」

おまつのお国訛りの言葉にただ頷いた観右衛門は店に戻った。

すでに小籐次は研ぎ仕事に没入していた。その背に視線をやって帳場に座った。

すると若旦那の浩介《こうすけ》が、

「どうされました、大番頭さん」

と観右衛門の思案を察してか、静かな口調で尋ねた。

「近頃の赤目様の様子です」

「どうかされましたか」

観右衛門は頭に浮かんだ、漠たる考えを述べた。

その話を黙って聞いた浩介が、

「赤目小籐次様は、己の弱みに気付かれたのです」

とぽつんと言った。

「己の弱みとは、落馬した一件ですか」

「それは切っ掛けにしか過ぎません。どのように鍛え上げた体も一つの出来事によって動きがぎくしゃくと狂うことを体験なされた。これまでの赤目小籐次は一瞬にして掻き消えたことを、駿太郎さんとの立ち合いで赤目小籐次様は気付かれた。そして、熱海の湯に浸かって思案するうちに、『赤目小籐次にも弱みがある』

ことに気付かれたのではございませんか」

「若旦那、弱みを知られた赤目小籐次様は、もはや昔の強い赤目小籐次様ではございませんかな」

観右衛門の言葉に懸念があった。

「違います。弱みを知られて一段と奥が深い剣術家の境地に立たれた、と私は思います」

観右衛門は浩介の言葉を頭の中で長いこと吟味した。

「ただ強い赤目小籐次様ではなくなった」

「はい。どのような武人も強さと弱さを兼ね備えているのだという考えに到達なされたのではございませんか。それを教えたのは駿太郎さんです」

「十一の子が父にそのことを教えましたか」

「駿太郎さんはさようなことを考えてもいますまい。されど私はそう考えました。妙な理屈にございましょうかな、大番頭さん」

観右衛門は、浩介の顔を見て大きく頷き、

(若旦那は久慈屋の立派な後継ぎになる、いや、なった)

と確信した。

二

この日、早めに仕事を切り上げた小籐次は、久慈屋から新兵衛長屋に立ち寄った。

お夕が一月に一度、望外川荘に泊まりにくる日だからである。

時節は師走だ。夕暮れが早いので未だ日があるうちに大川を漕ぎ上がろうと考えたのだ。

堀留の石垣に小舟を寄せると、綿入れを着た新兵衛は、庭の一角で荒筵《あらむしろ》を敷いた上に「研ぎ場」を設え、「仕事」をしていた。

研ぎ仕事の真似事だ。

このところ新兵衛の行動は、「赤目小籐次」に成り切ったり、己が何者か分からなかったりが繰り返されていた。

「研ぎ仕事」をしているということは「赤目小籐次」成り切りであろうかと、

「お仕事ご苦労にございますな」

と長屋の裏庭に這い上がった小籐次が声をかけた。

小籐次がお気に入りの柿の木の下の「研ぎ場」は、このところ新兵衛に乗っ取られていた。

じろり、と新兵衛が小籐次を睨《にら》んで、

「物売りなれば木戸から入ってこよ」

と注意した。

声音もしっかりとして、新兵衛のことを知らぬ人が聞いたら、呆け老人とは想像もしないであろう。遠目には仕事に精を出しているように見える。

砥石は普請場から桂三郎が貰ってきた長さ七、八寸、三寸角の柱の切れ端だ。小籐次が手造りした木製の包丁を手にして研ぎ具合を確かめていた。

「怖れ入りますな、新兵衛さん。それがし、夕を迎えに参りました」

「なに、お夕の迎えじゃと。何用あってお夕を連れて参る。おのれはまさかお夕を拐《かどわか》そうと考えておるのではあるまいな」

新兵衛が傍らに木製の刀を引き寄せた。

「拐しなど滅相もござらぬ。ほれ、夕がわが家で過ごす一月一度の日でございますよ」

小籐次は、手を顔の前で横にひらひらさせながら新兵衛に弁解した。

「酔いどれ様よ、ここんとこまた『小籐次病』がぶり返してやがる」

小籐次の声を聞いたか、長屋から姿を見せた勝五郎が言った。

前掛けをして版木の木くずが付いているところを見ると仕事をしていたのだろう。

「一進一退、新兵衛さんはわれらのことをお忘れのようだな」

「ああ、おれなんぞ厠《かわや》に行くたびに、『近頃小便が近くないか』とかよ、『歳には勝てぬか、いっそ厠で過ごせ』なんぞと細かい嫌みを言われっ放しだ。言葉が当たっているだけに、腹が立つ。まあ、新兵衛さん相手に怒っても仕方ないや。我慢辛抱と言い聞かせての厠通いよ」

「勝五郎さんや、われら、新兵衛さんのお蔭で人間が出来てきたのではないか」

「ひょっとしたらおれたちが新兵衛さんより早く三途の川を渡ることになるんじゃないか、気ばかり遣っているもの。おりゃ、新兵衛さんを見送って、のうのうと何年か過ごしたあとであちらに行きたいんだけどな」

勝五郎がぼやいた。

「下郎どもが考えることは、その程度のことか」

新兵衛がじろりと勝五郎を見上げた。

木戸にお夕やお麻が姿を見せた。

井戸端で夕餉《ゆうげ》の仕度をしていた女衆《おんなし》もなんとなく小籐次とお夕を見送る体《てい》で裏庭の奥に集まって来た。

新兵衛長屋は紙問屋久慈屋の家作の一軒だ。

そのせいか、敷地もゆったりとしており、裏庭には柿や柳や椿の木なんぞ実生《みしよう》から育った樹木がなん本もあって、長屋の住人の憩いの、暮らしの場所の一部になっていた。それに堀留の石垣が敷地の一角をなし、その片隅に厠があった。

「お父つぁん、もうそろそろ仕事を切り上げたらどう」

娘のお麻が父親に言った。

お麻は気が緩んだ新兵衛に代わり、亭主の桂三郎の手を借りて長屋の差配をしていた。それもすっかりと慣れて「新兵衛長屋」という名だけがなんとなく残っていた。

「腹が空いた。夕餉の菜はなんだ」

新兵衛がお麻に訊ねた。

お麻が家族ということを承知していることは言葉の端々から分った。

「お父つぁんの好きな魚の焼き物よ。当ててみて」

お麻は父親の新兵衛の呆けがこれ以上進行しないように、常に話しかけ問いかけていた。だが、お麻の問いかけは耳に入らなかったようで、

「腹が空いた」

と繰り返した。

お夕が話しかけた。

「爺ちゃん、須崎村の望外川荘に泊まりに行ってくるね」

「お夕が行くなら、わしも行く」

お夕の爺ちゃんに戻った新兵衛が立ち上がった。

「お舅《とっ》つぁん、研ぎ場を片付けるのが先ですよ」

婿の桂三郎が姿を見せて「研ぎ場」の片付けを始めた。

その間にお麻が小籐次に頭を下げて小舟に乗るように無言で願った。

「ならばわしはこれにて」

お夕が手にした風呂敷包みを受け取ると、小籐次は小舟にふわりと飛び下りた。

「おおー、元の赤目小籐次に戻ったな。熱海の湯治が効いたんだな。おれにも死ぬまでに一度でいいから湯治なんてうまい話が舞い込んでこないかな」

勝五郎が小籐次の動きを見て言ったところに読売屋の空蔵《そらぞう》が姿を見せて、

「酔いどれ様、なんぞ変わった出来事はないか」

と尋ねた。

空蔵は、版木屋の奉公人で読売のネタを拾い集めて、大仰にしたり面白おかしく脚色したりして書くことと、刷り上がった読売を売るのが勤めだ。時々、話を膨らませ過ぎるので、空蔵ならぬ「ほら蔵」と呼ばれていた。

この日は、勝五郎に新たな仕事を持ってきたのではなく、彫り上がった版木を取りにきた様子だ。

「わが身辺に事もなしじゃ」

小籐次が答え、お夕が舫《もや》い綱を解《ほど》いた。

「熱海から戻って以来、赤目小籐次の身辺、可笑《おか》しなくらい静かだよな。こんなときは異変の前触れと思いたいけどな。ともかくだ、酔いどれ様がらみの事が起こらないと、うちも勝五郎さんのところもおまんまの食い上げだぜ」

「わしはそなたらの為に生きておるのではない」

お夕が慣れた動作で小舟に乗った。

「酔いどれ様、ほんとによ、熱海ではなにもなかったのか、読売のネタになるような話はよ」

空蔵の執拗な問い質《ただ》しの言葉を聞き流した小籐次は棹で石垣を突き、小舟を御堀へと向け直した。

「赤目様、ご厄介になります」

父親の桂三郎が小籐次にお夕の恒例の望外川荘泊まりの礼を述べた。小脇には新兵衛の仕事道具が筵に包まれて抱えられていた。

「明朝いつもの刻限に夕を連れ戻ってくるでな」

小籐次は棹を使いながら、なぜか柿の実が一つ熟したまま残った木の下に新兵衛がしょんぼりと佇んでいるのを見た。

時に新兵衛が正気だと感ずることが小籐次にはあった。すべてを分った上で新兵衛は、

「自分の役目を果たしている」

のではないかと考える時があった。

新兵衛長屋は、新兵衛がいることで大きな騒ぎもなく仲良く過ごせていけていた。

「爺ちゃん、明日ね」

お夕が手を振って、新兵衛長屋の見送りの人びとが段々と小さくなり、小舟は

御堀に出て、築地川へと下っていった。

「赤目様、もう大丈夫ね」

とお夕が小籐次の身を案じた。

らくだを摑まえようとして落馬した小籐次の打ち身が完治したことをお夕は言ったのだろう。

「一時はわしも終わりかと思った。久慈屋どのの親切で、体が元に戻ってほっとしたわ。わしが寝込むようなことがあれば、望外川荘は生計《たつき》が立たんでな」

「おりょう様がおられるわ。それに駿太郎さんもいるし、赤目様のところは大丈夫よ」

と応じたお夕が、

「今だから言えるけど、赤目様とおりょう様方が久慈屋さんと熱海に湯治に行ったあと、駿太郎さん、ずっと気にかけていたのよ」

と言った。

「なに、駿太郎がわしのことを気にしていたか」

「だって、『父上があんな体の動きをするわけもない。それを知らずとはいえ、手ひどく叩いた』と気にしていたの」

小籐次は駿太郎がそれほど案じていたとは考えもしなかった。

「そうだ、駿太郎さんがね、この前、変なことを言ったの」

お夕と駿太郎は新兵衛長屋で姉と弟のように育ってきた。小籐次やおりょうに言えないことも「姉」には話すことがあった。

小籐次は棹を櫓《ろ》に替えた。

小舟はすでに築地川へと下っていた。

「父上の感じが変わったというの」

「年々歳々老いていくのだ、致し方あるまい」

「そんなことじゃないの。剣術なの、それが変わったんだって」

「なに、剣術が変わったと申したか」

「一段と父上の剣術が深みを増したようだ、と駿太郎さんがいうのよ。私、剣術のことは全く分らないけど、はっとしたの。駿太郎さんの言葉がなんとなく分るような気がしたの」

小舟の中で向き合って座るお夕を小籐次は見た。

「お父つぁん、私を弟子にとって私のことを気にして自分の仕事が疎《おろそ》かになっているいると悩んでいたのよ」

突然話柄《わへい》を変えたお夕に小籐次は、

（なにを言いたいのか）

と訝《いぶか》った。

「夕、そなたの親父様は錺《かざり》職人として、もはや名人上手の域に達しているとたちばな屋の大番頭代蔵どのから聞いたことがある。事実、桂三郎さんの細工は素人のわしが見ても、出色の出来だ。なによりたちばな屋の、いや、上客の注文も絶えずあるというではないか、そんな桂三郎さんが悩んでおられたか」

十軒店本石町のたちばな屋は、錺職人の桂三郎の造る金・銀細工物をすべて買い取ってくれる小間物屋だ。目が肥えた常連客が相手だけに下手な細工物は買い取ってくれない。たちばな屋と取引きできるということは、錺職人として認められた証だ。

最近では桂三郎を名指しして嫁入り道具などを頼む上客もいると、小籐次は代蔵から聞いていた。

ちなみに小間物とは、当初は高麗物とも書いた。

「或異国唐物、高麗珍物、如雲似霞」

と古書に記されたように室町初期から高麗からの輸入品、高級品のことを指し

たのだ。それが、

「今ハ笄《こうがい》、簪《かんざし》、櫛、元結《もつとい》、丈長《たけなが》、紅、白粉《おしろい》、或ハ紙入、煙草入等ノ類」

を扱う店が小間物屋と変わった。そんな中でもたちばな屋は、金・銀に珊瑚《さんご》、鼈甲《べっこう》などを材にした笄、簪、櫛、煙草入など、凝った細工物を扱っていた。

桂三郎はそんなたちばな屋で認められた職人だった。

「と、思うわ」

小籐次は、駿太郎の考えはどこへ行ったのかと、お夕を見た。

「爺ちゃんを船に乗せて、らくだ見物に行ったことを赤目様は覚えているわよね」

「わしがらくだの背に乗せられた折のことだな。決して忘れはせぬ」

あの二頭のらくだ、酔いどれらくだとおりょうらくだはどうしているのだろうかと、ふと小籐次は思った。

「あのときね、お父つぁんはらくだを見て、なにか新しい絵柄や細工を思い付いたんだと思うの。あのあと、何枚も何枚も熱心に絵柄を描いていたもの。それでね、この間から頼まれていた印籠にらくだの図を細工したの」

「ほう」

「それをたちばな屋さんに見せたらすごく褒められたんですって。お父つぁん、迷いが吹っ切れたんだと思うわ」

「そいつはなんとも嬉しい話じゃな」

小籐次は櫓を漕ぎながら何度も頷いた。

小舟はいつしか築地川を出て江戸の内海沿いに大川河口へと向っていた。

小柄な小籐次が漕ぐ櫓だが、来島《くるしま》水軍流の血筋か業前《わざまえ》か、内海の波をものともせず、ぐいぐいと進んでいく。といって小舟が大きく揺れることはない。

「駿太郎さんが赤目様に感じたことは同じことよ。熱海に湯治に行く前と戻ってきたあととは、剣術が違うんですって」

お夕の話が小籐次に戻った。

「それは当たり前のことであろう。腰の打ち身が残っていたゆえ熱海に湯治に行ったのだぞ。湯治のお蔭ですっかりと体が快復した。当然剣術はまあ、歳をとった分を差し引いても、少しは元に戻ったのであろう」

小籐次の言葉をお夕は吟味するように考えていたが、

「そういう話と違うと思うわ」

「うむ、ならばどんな感じだ」

「駿太郎さんがいうには、『父上の剣は、怪我をする前より一段と深みを増した』っていうの。生意気をいうようだけど、うちのお父つぁんも赤目小籐次様も私のことや怪我のことで、なんども悩んだことがよかったのじゃないかしら。駿太郎さんの言葉を私、信じるわ」

小籐次は櫓を漕ぎながら、ひたすらお夕の言葉を吟味した。

子どもは親の知らぬところで育っていくものだ、お夕も駿太郎も確実に成長していたのだ、それが小籐次のまず考えたことだった。

「夕、駿太郎と夕の言葉を素直に赤目小籐次受けようと思う。いや、わしの剣が変わったかどうかは、当人は与り知らぬことだ。駿太郎が怪我で狂った体の変調を教えてくれ、こんどはわしの体が元に戻ったばかりか、深みを増したと認めてくれるとは、その言葉に恥じぬ赤目小籐次であらねばならぬな」

小籐次とお夕が湧水池の船着場に小舟を入れたとき、残照の中で駿太郎が木刀の素振りをしていた。その傍らでは、智永とクロスケが見守っていた。

父親須藤平八郎の血筋か、あるいは赤目小籐次の育て方のせいか、駿太郎は、一日じゅう木刀を手放さなかった。全く飽きる風もなく、ひたすら素振りに没頭していた。

弘福寺の倅智永は、船着場の橋板にだらしなく座り込んで駿太郎の素振りを見ていた。

小籐次は、

(そうか、本日は和尚と智永を夕餉に誘ってあったか)

とそのことを思いだしていた。

弘福寺の本堂を道場代わりに使わせてもらっているのだ。時折、和尚と倅を呼んで、望外川荘で夕餉をいっしょにすることがあった。

「赤目様、駿太郎さん、一月見ないとぐんぐん体が伸びていくわね」

と「姉」が「弟」を評した。

その声が聞こえたか、駿太郎が素振りを止め、クロスケが、
わんわん
と吠えた。

「お夕姉ちゃん」

駿太郎が呼び、お夕が手を振って応えた。

「酔いどれ様」

と智永が小篠次に呼びかけ、

「うちの親父だがな、通夜が入ってよ、酔いどれ様と酒を飲むことを楽しみにしていたが、ダメになったんだ」

と叫んだ。

「仏様を待たすわけにはいくまい。亡くなったのは、年寄りかな」

師走の寒の最中だ。

外の厠で倒れたりすることがよく起こった。

「それがよ、若いのよ。おれも承知の娘がよ、奉公先で亡くなったんだよ」

「それはなんとも痛ましいな」

小舟が船着場に着き、クロスケが小舟に飛び込んできて、その話は尻切れとんぼに終わった。

三

智永を加えた賑やかな夕餉が終わり、智永が名残《なご》り惜しげに弘福寺に戻って半刻も過ぎた頃か、朝の早い駿太郎はすでに床についていた。

川面を風に乗って半鐘の音が響いてきた。

四つ（午後十時）前のことだ。

「火事でございますね」

おりょうが言った。

小籐次は雨戸を開いて半鐘の音を確かめた。川向こうの江戸であることは間違いなかった。焰《ほのお》は確かめられなかった。

「大きくならなければよいがな」

小籐次はそう呟きながらしばらく見ていたが、雨戸を閉じた。俗に、

「火事と喧嘩は江戸の華」

と言い、冬になると半鐘の音がそれなりに鳴り響くので、小籐次らは眠りに就いてその後の火事の経過は知らなかった。

翌朝、六つ（午前六時）前に小籐次は、小舟に駿太郎、お夕、そしてクロスケを乗せて大川を下った。

おりょうが朝早く出かける三人とクロスケのために握り飯と昨夜の残りの煮魚の頭をまぶした餌を用意していてくれたので、駿太郎とお夕は先に握り飯を頬張

り、小籐次が食するために櫓を代わった。

クロスケも舟の中での朝餉をあっという間に食べ終えて満足げだ。

朝餉を終えた一行が新大橋に差し掛かった辺りから火事場特有の焼け焦げた臭いが川面に漂ってきた。それは永代橋の手前でますます激しくなった。だが、火事場がどこだか小籐次らには見当がつかなかった。

大川の右岸を下っていた小籐次は、日本橋川から出てきた猪牙舟《ちょきぶね》の船頭に、

「火事場はどこでござったか」

と尋ねた。

客を乗せた舟の船頭が、

「瀬戸物町だ。本日、魚河岸は商いどころじゃねえぜ」

と応じた。

「火は鎮まったのでござるな」

「消えた。死人も出たって話だがな」

と言った猪牙舟と小籐次の小舟は擦れ違い、小籐次らが永代橋を潜ると火事場から漂う異臭はしなくなった。風向きのせいだろう。

小籐次らが生きる文政期は、後に「大御所時代」と称され、十一代将軍家斉の

五十年にわたる長期政権が続く安定期だ。

その中でも文化・文政時代（一八〇四～三〇）は化政時代とも略され、町人文化が一気に花開いた時期でもあった。

家斉は五十年の治世のあと、隠居しても院政を続けた、ために「大御所時代」と称されたのだ。

この長期政権を皮肉る川柳が流行り、十返舎一九が『東海道中膝栗毛』を書き、錦絵が活況を見せて、俳諧では与謝蕪村、小林一茶らが頭角を現した。

小籐次の「御鑓拝借」を筆頭にした勲しの数々も旧態依然たる武家社会への下士の、

「反乱」

と見られて、江戸の庶民に支持されたのだ。

だが、いったん江戸を焼き尽くすような大火事が起こると、町人が引っ張る遊び心を一気に冷やすことになる。小籐次は、

「大火事」

でなかったことに安堵した。

この日の火事は記録に、

「文政七年十二月十八日
今夜四前、瀬戸物丁ヨリ出火ニ付、老、若登城、九つ半鎮火」

とある。

夜の十時前に火が出て深夜一時に火が消えたのだ。

瀬戸物町は魚河岸の北側付近で老中、若年寄も登城して火事の推移を見守った。火元が城に近いゆえ、幕閣の最高幹部らも御城に火が燃え移ることを案じてのことであろう。

小籐次は、お夕を芝口新町の新兵衛長屋に送り、クロスケをお夕に預けた。

「クロスケ、昼前には戻るからね、大人しく待っているんだよ」

駿太郎が言い残し、再び築地川を下って江戸の内海沿いに、芝田町の浜に小舟を乗り上げて舫った。

今朝は森藩の剣術指南日に当たっていた。

浜には創玄一郎太と田淵代五郎が待ち受けていた。なんとなく二人して眠そうな顔をしていた。

「お待ちしておりました」

「ご苦労にございます」

と須崎村の道場の門弟でもある二人の出迎えを受けて、小籐次と駿太郎は元札之辻にある森藩の江戸藩邸に向った。

「昨夜の火事だが、屋敷に差し障りはなかったか」

小籐次が二人に尋ねた。

「いえ、ございません。たびたび差し障りがあっては困ります」

と答えた一郎太が、

「重臣の命でわれら若手が火事場を確かめに走りました」

と言った。たびたび差し障りといったのは、昨年の正月、麻布古川から火が出て、下屋敷と中屋敷に被害が出たことを言ったのだ。

「日本橋川の魚河岸付近と聞いた」

「いかにもさようです。ですが、大名火消し、町火消しに町奉行所らの役人が出張って、とても日本橋川の北側には渡れません。それでもこちら側の人混みの間から火事の模様を見ておりました。風が強くなかったので大きく広がらなかったのが、不幸中の幸いでした」

一郎太が説明してくれた。どうやら二人とも火事の様子を見定めて徹夜した様子だった。

「永代橋付近には今も火事場の臭いが漂っていましたよ」

駿太郎が口を挟んだ。

「駿太郎さん、江戸は家がどこまでも密集しておりますから国許の火事と違い、派手ですね。見物の衆もまるで花火見物か夜桜見物のようで賑やかでした」

代五郎も口を挟んだ。

藩邸の通用門では近習頭の池端恭之助が赤目小籐次、駿太郎親子を待ち受けていて、

「ご苦労にございます」

と出迎え、

「本日は火事騒ぎのために不寝番をしていた家臣や火事場に様子を窺いに行った者も多く、いつもより稽古の人数が少のうございます。赤目先生、申し訳ありません」

と詫びた。

「大火事にならなくてよかったではないか」

小籐次はそう応じると通用門を潜り、顔馴染みになった門番と挨拶を交わして森藩の剣道場に入った。

道場には若手だけが十人ほどいた。それも下士が多かった。

「昨夜の火事騒ぎで眠っておられぬ方もおられよう、かような時は神経が散漫になって怪我が起きる。ふだん以上に注意をして稽古を致そうか」

小籐次は、池端恭之助を筆頭に十人余の門弟たちとみっちりと一刻半ほど稽古をした。

小籐次は一郎太らの動きが緩慢になったところを見計らい、稽古を止めた。いつもより半刻ほど短かった。

「本日はこれまでにしておこうか。いや、よい稽古でござった。ふだんから体を使っていることがよう分る体の動きであった。稽古ごとはなんでもそうじゃが、一日体を休めると前の体を取り戻すのに三日はかかる。なによりも普段の稽古が大事じゃによって、倦《う》まず弛《たゆ》まず稽古を続けなされ。きっと奉公のお役に立つときが参りましょう」

小籐次は落馬したあと、なかなか体が元へ戻らなかった己の不覚を念頭にそう告げた。

「赤目先生、お茶を喫していかれませぬか」

池端が気を遣ってくれた。

「いや、仕事が待っておるでな、次の機会に致そうか」

池端の心遣いに返事をして浜に舫った小舟に戻った。

「先生、駿太郎さん、明日は須崎村に稽古に参ります」

見送りに来た一郎太が言った。

「待っております」

駿太郎が声をかけて舫い綱を外して小舟を後ろ向きに海へと押し出すと、身軽に飛び乗った。すでに棹を握って小舟の艫《とも》に立っていた小籐次が波を利用しながら沖合に舟を出した。慣れた父子の連携だった。

「また明日」

小籐次が櫓に替えて小舟を築地川河口に向けた。

「父上、池端様はよいお方ですね」

「ああ、池端どのなくして森藩江戸藩邸は立ちゆくまい。じゃが重臣方は池端どのの苦労を見ておらぬのか、見て見ぬ振りをしておるのか、来島水軍の末裔《まつえい》もただの奉公人となり下がったわ」

駿太郎は、森藩の上士方やその子弟たちが下士であった赤目小籐次の武名に嫉妬して無視していることを承知していた。父が下屋敷の厩番であったことを気にして、剣術指南として認めようとはしないのだ。

そんな両者の間で心労しているのが池端だった。

近習頭池端恭之助は、藩主久留島家の血族だった。三代通清の代に分家を許された弟の久留島通方を先祖に持っていたからだ。時代が下り、三男の恭之助は、江戸藩邸定府の用人池端家に養子に出され、養父の早世に伴い、池端家百三十石を継いでいた。

森藩一万二千五百石の家禄の久留島家にあって家老職に続く御給人と呼ばれる上士二十四家の一家《いっけ》の主であった。江戸育ちだけに考えが柔軟で、

「国者《くにもの》」

からは、

「近習頭池端どののお考えでは国許では通じん」

と陰で言われていた。

藩主通嘉の意を汲んで、赤目小籐次を剣術指南に願ったのも恭之助だ。そんな恭之助の苦労に小籐次は、なんとか報いたいと思ってはいたが、上士らは相変わらず、

「下屋敷の厩番風情」

と蔑《さげす》んでいた。

「父上、殿様が江戸にお戻りになる前に道場の様子が変わりましょうか」

「どうであろうかな」

と小籐次は首を捻った。

「父上が熱心でも応えてくれるのは池端様を始め、二十人ほどです」

上士は恭之助の他に二人ほどが稽古に来たり来なかったりしていた。その他の者は、七石二人扶持《ぶち》以下の下士らだった。

「その二十人が頑張り通せば、それはそれでわれらの努力が通じたというものだ。殿とのお約束だ。手を抜かず気を抜かず務めようか」

「はい」

小舟を築地川に入れて、森藩のことは忘れた。

「父上、本日はどこで研ぎ仕事をなされますか」

「昨日、やり残した道具もあるで、久慈屋さんに研ぎ場を設えよう。あちらに道具も残してきた。足袋問屋京屋喜平どのからも注文を貰っておる。半日では研ぎが済まぬかもしれぬな」

駿太郎がしばし考えたあと、

「父上、手伝わせて下さい。私が粗砥をかけて父上が仕上げをなされば、少しははかが行きます」

と言い出した。

剣術同様に駿太郎の研ぎも近頃ではなかなかの腕前であった。

「駿太郎、そう願おうか」

久慈屋に立ち寄る前に新兵衛長屋の堀留に小舟を着けた。するとクロスケが新兵衛の傍らで所在なげに座っていた。

小籐次と駿太郎を見て急に飛び上がるように立つと尻尾を大きく振って、わんわんと嬉しそうに吠えた。

クロスケは、なんとなく新兵衛に寄り添わねばならないと考えているようだが、どう接していいかわからず曖昧な表情だった。

「よし、クロスケ、よく頑張ったな」

と走り寄ってきたクロスケの頭を撫でた駿太郎が、

「研ぎ道具を持ってきます」

と長屋へ走って行った。

新兵衛の前に「研ぎ場」はあったが、研ぎ仕事をしている様子はなかった。なにか口の中でもごもごと独りごとを言っていたが、小籐次の耳にも判然としなかった。

「駿太郎さんよ、今日は久慈屋かえ」

前掛けをかけた勝五郎が姿を見せて、自分の研ぎ道具を運び出す駿太郎に尋ねた。

「はい。朝稽古が森藩でございましたから、半日しか研ぎ仕事は出来ません。父上の手伝いをします」

「ええな。うちの保吉なんぞは、外用事を言いつかると必ず長屋に戻ってきてよ、かかあに甘えてよ、甘いもんなんぞをねだってやがる。同じ長屋育ちでも侍の子と町人じゃ違うのかね」

「保吉さんは、奉公先で頑張っておられます。だから、時におっ母さんの顔が見たくなるんです」

「そんなものかね」

勝五郎が駿太郎といっしょに堀留まで来た。

「仕事をしておったか」

「瀬戸物町の火事のことだ、今朝方空蔵が持って来やがった。なんでも火事で行方が分らなくなっている娘がいるんだとか。火事は大事にならなかったが、人がいなくなっちゃあな」

と勝五郎が言った。

「仕事の目途はついたのかな」

「終わった。もうそろそろ空蔵が版木を取りにこよう」

「われらも朝の分を取り戻さねば、生計が立たぬ」

小籐次が駿太郎の道具を小舟に積み込むと、駿太郎が、

「父上、クロスケを久慈屋さんに連れていってはなりませぬか」

と新兵衛をちらりと見た。

「そうじゃな、クロスケならば久慈屋に迷惑はかけまいでな」

と許した。

するとクロスケは小籐次の言葉が分ったか小舟に飛び込んできた。

「まあな、新兵衛さんのお守りより酔いどれ父子といるほうが安心だよな、クロスケもよ」

と勝五郎が見送ってくれた。

久慈屋に研ぎ場を設けて小籐次・駿太郎の父子が仕事を始めたのは、九つ（正午）に近い刻限だった。

大番頭の観右衛門は小籐次と駿太郎が元札之辻の森藩邸に剣術指南に行ったことを承知していて、

「早めしを食して仕事をなさりませぬか」

と空腹を気にかけてくれた。だが、小籐次は、

「いえ、少しでも仕事に手をつけておきたい」

と答えて駿太郎を見た。

二人して朝早く出てきたので、小舟でお夕といっしょにおりょうの作った握り飯を食しただけだ。

「父上、私もまだ大丈夫です」

というので久慈屋の道具の研ぎに手をつけた。

駿太郎が粗砥をかける間に小籐次は京屋喜平に行き、手入れをする道具を頂戴してきた。

そのあと、本式に父子で競い合うように研ぎ仕事をなした。

クロスケは研ぎ場の傍らの三和土《たたき》に筵を敷いてもらい、寝そべったり座ったり

しながら飽きずに芝口橋を往来する多くの人や大八車や駕籠を見ていた。

利口な犬だ。だが、初めての土地のことだ。悪戯《いたずら》をしたりする子どももいないわけではあるまいと思い、駿太郎が首輪と引き綱でつなぎ、久慈屋の柱にその端を結んだ。

須崎村の望外川荘育ちのクロスケにとって、一時にこんな大勢の人や物の往来を見るのは、らくだ見物以来だ。だが、犬にとっても両国広小路の見世物の人混みと芝口橋を往来する武士や旅人や職人衆は、

「違う光景」

と映るようで、静かに好奇の眼差しを向けていた。

半刻ほど駿太郎が粗研ぎをした道具を小籐次が仕上げをした。すると昨日研ぎ残していた久慈屋分の道具の研ぎが終わった。

「駿太郎、助かった」

と小籐次が声をかけたのを聞いた観右衛門が、

「ご苦労さんでしたな。さあ、昼餉に致しましょうぞ」

と小籐次と駿太郎に誘いをかけた。

「クロスケ、道具の番をしていなさい」

クロスケは立ち上がったが、

「おまえはここに残るんです。大人しくしていれば、この次も連れてくるからね」

駿太郎に言われて筵の上に丸くなった。

「駿太郎さん、私たちが見ていますから心配しないでいいですよ」

手代の国三《くにぞう》が言ってくれたので、駿太郎はようやく安心して台所に向った。

昼餉は雑煮だった。とはいえ正月雑煮のように餅を清《すま》し汁に仕立てたものではなく、野菜など具材が入った雑煮で白味噌仕立てだった。

「駿太郎さん、朝から剣術《やっとう》の稽古だってな。そりゃ、腹が空いたべ。何杯でもお代わりしていいだよ」

と通いの女中頭のおまつが在所訛りでいい、まず駿太郎の膳に大きな丼を載せてくれた。

「ああ、美味そうだ」

駿太郎は膳に向って合掌すると箸を取り上げた。

四

久慈屋の台所で昼餉を馳走になったあと、小籐次と駿太郎は、京屋喜平の道具を研ぎ始めた。

駿太郎にとって初めての道具が多い。そこで粗砥とはいえ小籐次が駿太郎に注意すべき点を丁寧に説明し、実際に粗砥をかけてみせた。その上で駿太郎は、京屋喜平の道具の研ぎに入った。

いつも以上に慎重な動きの研ぎだった。そして、何度も、

「父上、これでよいですか」

と傍らから見守る小籐次に念を押した。

小籐次は駿太郎の研ぎを眼で確かめ、指の腹で触って、刃の機能にそって粗砥がかけられているかどうかを確かめた。そんな様子を筵の上に寝そべったクロスケが半眼で見ていた。芝口橋の絶えない往来にクロスケは疲れた様子だ。

「駿太郎、これでよい。あとは父に任せよ」

と受け取った小籐次が仕上げ研ぎに入った。

粗砥が雑になっていると仕上げ砥で苦労をする。だが、駿太郎は物心ついたときから小籐次の研ぎの動きを見てきただけに、無意識の裡《うち》に、

「ツボ」

を心得ていた。

駿太郎は安心したように次の道具の作業に移った。

そんな父子の背中を若旦那の浩介と観右衛門が仕事をしながら見守っていた。

「駿太郎さんは利発なお子ですね」

浩介が観右衛門に囁いた。

「血のつながりをあれこれ申されるお方がおられますが、赤目家では血のつながり以上に強い絆で赤目様、おりょう様、駿太郎さんの三人が結ばれておりますな、実の家族以上の家族です。二人の背中が互いの信頼を物語っておりますよ」

と応じた。

「これほど美しい仕事ぶりは滅多に見られません」

「若旦那、全くです」

帳場格子の二人が囁き合うのを他所《よそ》に、小籐次と駿太郎は研ぎ仕事に没頭していた。

八つ半（午後三時）の頃合い、二人の前に読売屋の空蔵が立った。だが、小籐次も駿太郎も仕事に熱中して全く顔を上げようともしなかった。クロスケがちらりと空蔵を見上げただけだ。

「犬にも嫌われたぜ」

致し方なく空蔵が久慈屋の店に入り、帳場格子の前の上がり框《がまち》に、どすんとわざと音を立てて座り、

「はあー」

と溜息を吐いた。

「なんぞ悩みがございますかな」

素知らぬ表情で観右衛門が空蔵に尋ねた。

「悩みね、師走というのにネタ枯れでよ、お助け大明神の酔いどれ様のもとへくれば、なんぞちょぼネタが聞かれるんじゃないかと思ってさ、訪ねてみたらあの扱いだ。親しい間柄だ、顔くらい上げて挨拶すればいいじゃないか」

「ただ今、赤目様は駿太郎さんに研ぎのコツを、身をもって伝授なさっておられるところです。そんなところへ、ほら蔵さん、ああたが邪魔に入ろうたって無理

ですよ。赤目家では剣術も研ぎ仕事も真剣勝負と同じなんです」

観右衛門が空蔵に説教するように言った。

「研ぎ仕事も真剣勝負ね。それでおれは邪魔ものというわけか」

「さいです」

観右衛門がにべもなく言い、聞いた。

「昨夜の火事騒ぎで読売を売り出したんでしょうが」

「ああ、勝五郎さんに版木も彫らせた。それで刷り上がったところで、お上から待ったがかかった」

「おや、それは気の毒な」

「勝五郎さんの手間賃は支払わなきゃならない。刷り師だってただってわけにはいくめえ。うちは大損とまではいかないが、かけた手間だけ損をした」

「なぜですね」

「それがね、なんの説明もないんだ」

「火事騒ぎは御城と関わりがございましたかな」

観右衛門も首を捻った。

「それでさ、芝口橋に足を向けたらこの扱いだ。踏んだり蹴ったり、酔いどれ小籐次め」

空蔵が小声で悪態を吐《つ》いた。

「空蔵さん、最近目まで悪くなりましたか」

と浩介が聞いた。

「若旦那、大番頭さんのように目を細めたり、手にした大福帳を遠くにやって文字を確かめたりする歳じゃございませんよ、おれの眼は未だ千里眼だ」

空蔵が威張った。

「空蔵さん、私は南蛮渡来の眼鏡をもっております。大福帳相手に格闘なんぞしておりません」

と観右衛門が文句を言った。

「これは言い過ぎたな、大番頭さん、謝る」

空蔵がかたちばかり頭を下げる恰好を見せ、浩介に目を向けた。

「千里眼というのは遠くがよく見えることでしょうね」

浩介が質した。

「まあ、そういうことでしょうね」

「近間は見えない」

「はあー、近間だって見えますって」

と空蔵が浩介に言い返した。

「おかしゅうございますね」

浩介が店の外に目をやった。

相変わらず賑やかに芝口橋を人や大八車や乗り物が往来していた。

「なにか橋の上にありますかえ」

「いえ、ずっと手前です」

「ずっと手前、ですって。酔いどれ親子が研ぎ仕事をしていますがな、そいつを所在なげに犬が見ている、そんな図だ」

「はい」

「それがどうかしましたか、若旦那」

浩介はしばらく口を閉ざしたまま、小籐次と駿太郎の背中に目を留めていた。

親子して淀みのない動きで研ぎに立ち向っていた。

「うるわしい光景と思いませんか」

「うるわしい光景ね。年老いた親鳥と歳の離れた子がいっしょに稼ぎ仕事に精を出しているだけだ。一本、いくらでしたっけ。酔いどれ小籐次の研ぎ仕事のお足はさ」

浩介が、きいっとした眼差しで空蔵を睨んだ。

「な、なんですね、若旦那。おれなんか悪いことを言ったか」

「天下の赤目小籐次様が赤子の折から育てた駿太郎さんに研ぎのコツを教えておられる光景ですよ、一本いくらの稼ぎ仕事にしか見えませんか。ならば空蔵さん、本日からうちの敷居は跨《また》がせません」

「分らないな、絵解きして下さいよ、若旦那」

空蔵が困惑の顔で帳場格子の浩介に願った。

「世間の人が赤目小籐次様を崇《あが》めるのは、絹物を着て威張っておられるからではございません。天下無双と評される剣術家があちこち繕いが見える仕事着で研ぎ仕事に立ち向っておられる。生業《なりわい》がどんなものか、駿太郎さんに見せておられる。その姿に感服するんです、崇めるのです。これほど美しい親子の背中がございますか」

あっ、と空蔵が声を漏らした。

「そうか、若旦那は酔いどれ小籐次と倅の仕事ぶりを読売に書けと言われるんだね。そう言われてみれば、これまで見られなかった光景だな。だがよ、若旦那、おれは、絵心ないもの。読売に文字だけでよ、酔いどれ親子の研ぎ風景なんて書いても読売にならないよ」

空蔵が残念そうに言った。

「さようですか、空蔵さんはもう少し腕のいい読売屋と思っていましたがな。赤目様親子が仕事を終わる前に引き上げられたほうがようございましょう」

浩介が冷たく言った。

「若旦那、長年の付き合いじゃございませんか。そう邪険に扱わないで下さいな。ともかくだ、本日は間が悪い、昨夜の火事の貰い火をしたようだ。出直してきます、その折はよしなに願い奉ります」

空蔵が上がり框から立ち上がり、ぽんぽん、と小籐次と駿太郎の背中に向って柏手を打つと、なるべく研ぎ場から離れた敷居を跨いで店の外に出ていった。

そんなことを知らぬげに小籐次と駿太郎はひたすら研ぎ仕事に没頭していた。

七つ半（午後五時）前か。

「父上、これが最後の京屋喜平さんの仕事です」

という駿太郎の声がした。

「おお、お蔭で本日じゅうに京屋さんに届けられそうだ」

駿太郎は自分が使った砥石を木桶の水で丁寧に洗って、使い込んだ古布《ふるぎれ》で拭って別の乾いた古布に包み込んだ。その上で汚れた水を河岸道の柳の根元に撒《ま》きにいった。

クロスケが気配を察して荒筵の上で伸びをした。

「父上、奥の井戸で新しい水を貰ってきます」

駿太郎は三和土廊下から台所に向った。

「若旦那、来春十二歳の子どもがなすことですかね。うちの小僧たちも駿太郎さんを見習ってほしいものです」

観右衛門がぼそりと呟いた。

井戸端で木桶を洗い、水を汲み替えて研ぎ終えた道具を綺麗にして仕事が終わるのだ。駿太郎は、父親の仕事具合を確かめながら育ったからすべて手順を承知していた。

研ぎ場では、小籐次が最後の仕上げをする前に御堀の川端柳に視線をやった。すると、芝口橋から御堀の河岸道に小粋な女が姿を見せて、一瞬小籐次と視線を交わらせ、歩き去った。

井戸端で水を汲み替えた木桶をもって台所に姿を見せた駿太郎に、

「駿太郎さん、手が空いたらひと休みして」

おやえが言った。赤目親子の仕事が一段落つくのを奥から窺っていたらしい。

「有難うございます。もうすぐ父上の仕事も終わります」

「じゃあ、こちらにお茶を用意しておきますからね。昼餉を食して以来、全く休みなしで働いたわね」

「父上のやり方です」

駿太郎が答え、店に戻ったとき、

「よし、終わった」

と小籐次の手が止まり、出来具合を確かめた。

「父上、こちらに新しい水を汲んできました」

「うむ」

と答えた小籐次は研ぎ終えた道具を駿太郎が汲んできた井戸水で丁寧に洗い、駿太郎が一つひとつを布で拭った。

「父上、私が京屋喜平さんに届けてきましょうか」

「そうしてくれるか」

大きな布に手入れを終えた道具を包み、駿太郎が抱えて店から出ていった。

クロスケが不安そうに駿太郎を見送った。首輪と引き綱で結ばれていてこの場にいるしかないのだ。

「お疲れさまです」

「なんの、いつもの仕事です。こちらと京屋喜平さんの道具は使われ方が丁寧ゆえ、研ぎも楽でござる」

小籐次はそう答えながら後片付けを始めた。

「赤目家は万々歳ですな、剣術と研ぎ仕事の後継ぎがおられます」

「いえ、今のうちは剣術も研ぎ仕事も楽しくやっておるようだが、先になると分りません、駿太郎がそれがしと同じ道をよしとしますかな」

小籐次は首を捻った。

「赤目様が十二歳の折はどうでしたな」

小籐次が観右衛門の問いに後片付けの手を止めて、芝口橋の上に眼をやった。空のかなたを見ているような眼差しだった。父親の険しい顔が脳裏に浮かび、小籐次は思わず身を竦《すく》めた。

「駿太郎と比べようもない悪ガキでしてな、下屋敷の内職仕事から逃げ出すことばかりを考えておりましたな。それでも親父が剣術とかような手仕事を厳しく、時には折檻《せっかん》しているような具合に教え込んでくれた。それがこうして役に立っております。なんとも不思議な気持ちでござる」

「赤目様は悪ガキと言われましたが、いやどうしてどうして、ちゃんと剣術も研ぎ仕事も竹細工も、身に付けられた」

「親父がやはり偉かった、厳しかったんでしょうな」

小籐次は、京屋から戻った駿太郎と最後の片付けを終えると、

「若旦那、大番頭どの、いささか思い出したことがございます。本日はこれにて失礼を致します」

と挨拶した。

駿太郎は、おやえから誘われたことを小籐次に言い出せなくなった。二人して道具を抱えて、クロスケの引き綱をもって久慈屋の船着場に下りた。すると小女のかやが紙包みを持って、

「若おかみさんがこれを駿太郎さんにだって」

と手渡してきた。

「なんだな、かやさん」

かやは熱海の湯治の供で同行した間柄だ。よく承知していた。

「大福餅ですって、おりょう様方の分も入っているそうよ」

「おやえさんに宜しく伝えてくだされ」

と言い残した小籐次は、受け取った包みを駿太郎に渡した。

「かやさん、家に戻って頂きます」

駿太郎も礼を述べて小舟は流れに乗った。だが、小籐次は、堀留に差し掛かると小舟を新兵衛長屋の裏庭へと向けた。

「父上、長屋に道具を預けて行かれますか」

「それもあるが、待ち人がおられる」

小籐次の視線の先に、石垣の上に立つ老中青山忠裕《ただやす》の密偵おしんが勝五郎と話をしている光景が入ってきた。

「ああ、おしんさんだ」

駿太郎も気づいた。

小籐次は小舟を石垣の下に着けた。

駿太郎が自分が使った研ぎ道具を石垣の上にのせると、おしんが軽やかな身のこなしで小舟に乗り込んできた。

「おい、酔いどれ様、内緒ごとか。おりょう様に叱られないか」

「勝五郎さん、なにを考えておる」

「だって長屋では話せないことだろう」

「よう分ったな」

と答えた小籐次から視線を駿太郎に移した勝五郎が、

「駿太郎ちゃん、この研ぎ道具は長屋に入れておくぜ。さっさと行きな、行きな」

と邪険な口調で言った。そんな勝五郎に駿太郎がお願いします、と頭を下げ、

「父上、舟は任せて下さい」

おしんと話し易いように棹をまず受け取った。

駿太郎の漕ぐ小舟が築地川に出たとき、黙ったままの小籐次におしんが口を開いた。

「赤目様、森藩の剣術指南はいかがですか」

「藩邸の上士方はわしの出自をすべて承知だ。下士の連中は稽古に出ても、未だ上士は、近習頭を含めて三人ほどしか道場に足を踏み入れようとはせぬな」

「池端恭之助様もご苦労の多いことですね」

小籐次の眼が光った。

「いえ、森藩に首を突っ込もうなんて考えていませんけどね」

おしんは含みのある言葉で応じた。それには気付かない振りをした小籐次が質した。

「ではなんだな、用事というのは」

おしんが老中の密偵であるかぎり、主の意でおしんは小籐次に会いに来たと当然判断された。

「昨晩の火事騒ぎ、ご存じですよね」

「青山様も登城なされたか」

「はい」

「たれぞが、娘が行方を絶ったというておった」

そのことは勝五郎が教えてくれたことだ。だが、最前、久慈屋に来た空蔵が、火事の模様を書いた読売がお上の命で禁じられたとぼやいているのを小籐次は耳にしていた。

「火事で焼けた伊勢町河岸の料理茶屋よも、ぎの娘のおそのです」

「おしんさん、老中は町方のことまで首を突っ込まれるか」

小舟は築地川から江戸の内海へと出ていた。

第二章　陰の者

一

小籐次は、おしんに案内されて瀬戸物町の火事場にいた。

鎮火から半日以上が過ぎていたが、瀬戸物町の焼け跡には未だ再建の手がつけられておらず、焼け残った柱や梁だけの家が黒々として立っていた。そして、生ものや茶や豆油が入り混じったような異臭が漂っていた。

小籐次にとって瀬戸物町は馴染みがある場所ではない。

御堀から流れ出す日本橋川の左岸に「魚河岸」が広がっていた。その北側にあり、西は室町の通り、東は伊勢町、北側は伊勢町堀に接した両側町だ。

町名の起こりは、尾張国春日井郡瀬戸村で造られた陶磁器を扱う水野兵九郎、大原某ら六軒の瀬戸物屋があったことに由来する。京間百四十五間の公役金を負担していた。

江戸の町年寄喜多村彦右衛門家も樽屋藤左衛門方もこの界隈で、瀬戸物町の西側にあった。いわば江戸の町家の中心といっていい。

北側が伊勢町堀に接しているために火はそこで止まったようだ。それでも対岸の本町三丁目河岸、伊勢町河岸辺りに飛び火しないように、火消しによって壊された家や一部が焼けた店や町家が無残な姿を晒していた。

おしんは、小籐次を日本橋川の江戸橋下から魚河岸の北に四丁ほど入り込み、北から西へと鋭角に曲って伸びる伊勢町堀の堀留近く、奇跡的に焼け残った稲荷社あたりに連れていった。

「赤目様、ご存じかどうか知りませぬが、この界隈では寛文三年（一六六三）より熊野屋太兵衛方が本町にある山田屋八左衛門、駿河町の木津屋六左衛門らとともに仲間を募って町飛脚問屋を興し、毎月二の日に東海道を走る飛脚便や江戸・大坂間で金・銀を逓送《ていそう》する金飛脚をしております。また魚河岸に近いせいで鰹節・塩干肴問屋、乾物問屋が商いをしておりました」

小籐次は、おしんの説明をただ黙って聞いていた。

町家が焼失したのになぜ老中の密偵が乗り出すのか未だ小籐次は判然としなかった。

駿太郎の漕ぐ小舟が大川と日本橋川の合流部に差し掛かったとき、おしんが、

「駿太郎さん、相すみません。日本橋川に入って江戸橋まで遡ってくれませんか」

と願った。

おしんは舟中で、なぜ小籐次の手を借りようとするのか、その理由を説明しなかった。おしんが肝心な用件に触れぬ以上、小籐次も問い質したところで無益であろうと考えていた。

駿太郎が江戸橋の北側の入堀の入口荒布橋《あらめばし》に小舟を着けると、

「おしんさん、わしに火事場を見せる気のようだな。駿太郎とクロスケは先に須崎村に戻ってよかろう」

と尋ねてみた。

「駿太郎さん、独りで望外川荘まで戻れますか」

とおしんが駿太郎を質した。

「おしんさん、大丈夫です」

おしんの問いに答えた駿太郎が、

「父上、母上になにか伝えることがございますか」

と小籐次に聞いた。

「おしんさんの用事が直《す》ぐに終わるとは思えぬ。先に夕餉を済ませて戸締りをして寝てくれ、とおりょうに言うてくれ。駿太郎、望外川荘はそなたが頼りじゃぞ。寝る折は孫六兼元を枕元に置いておけ」

と注意した。

「父上、大丈夫です」

と答える駿太郎におしんが、

「おりょう様にこの包みを渡して下さいますか」

と中は包金と思える袱紗《ふくさ》を手渡した。

「母上に渡せばよいのですね」

「はい」

「承知しました」

との言葉を残して駿太郎は小舟の舳先《へさき》を巡らし、クロスケとともに日本橋川を下って行った。

おしんはまず、深夜に鎮火したという火事場をざっと見せた。そして、伊勢町堀の堀留付近にある稲荷社の辺りで、最前の説明を加えたのだ。

「おしんさん、火事騒ぎの最中に娘が行方知れずになっておると聞いたが、わしがこの場に呼ばれたのはその一件か」

小籐次はとうとう堪《こら》えきれず話の先を促した。

「あるともないとも未だ判断がつきませぬ」

「当然、町方が動いておろうな」

「はい。今月の月番は南町です」

小籐次とは馴染みの深い南町奉行所が担当だといった。

「それに火付盗賊改方が探索を開始しています」

「ならば研ぎ屋風情がしゃしゃり出る幕はあるまい」

「赤目様、もうしばらくご辛抱下さい」

と願ったおしんが、

「伊勢町堀の対岸に料理茶屋よもぎはございます」

と稲荷社のある堀留から下流を指した。娘が行方知れずになったという家か、と小籐次は推測した。そこで小籐次はこう尋ねた。

「料理茶屋に火が入ったのか」

「いえ、町火消し衆の必死の消火で家の一部は壊されました。ですが、修繕すればまた店が再開出来る程度の被害で済みました」

「娘は火事から避難しようとして行方知れずになったか」

「はい。本石町四丁目に縁戚の店がございますので、乳母といっしょに逃げる途中、はぐれた模様です」

とおしんが答えた。

ということは火事に巻き込まれて焼死したということはなさそうだ、と小籐次は考えた。

おしんは伊勢町堀に沿って東にと河岸道を向い、半ば焼け落ちた雲母橋《きらずばし》付近で足を止め、

「あれが行方知れずになった娘のおそのの住まいを兼ねた料理茶屋よもぎです」

と指して教えた。

師走の夕暮れ、なかなかの料理茶屋の佇まいを見せていた。対岸の常夜灯の灯りで料理茶屋はいかにも、

「火事は免れた」

という感じで建っていた。

くるり、と向きを変えたおしんは黒々と広がる焼け跡に入っていった。

火事の跡地は立ち入りが禁じられているのだろう。その焼け跡の中に人影が立っていた。

小籐次は薄闇を透かして人影を見た。

おしんと同じ老中青山忠裕の密偵中田新八だ。

「ご苦労に存じます」

新八が小籐次に声をかけた。

「そなたらに労《ねぎら》いの言葉をかけられる所以《ゆえん》はないがのう」

「ふっふっふふ」

おしんが含み笑いをし、新八が、

「赤目様、甲州で危うい命を助けて頂いて以来の付き合いではございませんか、そう邪険にしないで下されと願った。

小籐次は、甲府勤番支配の長倉実高に捉われていた中田新八をおしんとともに助け出したことがあった。

「そろそろ用件に入らぬか。わしは一応一家の柱、師走ゆえそれなりの研ぎ仕事が待っておるでな」

「申し訳ございませんが、研ぎ仕事はしばらくお休みしていただけませんか」

小籐次は新八の言葉に溜息を吐くしかなかった。

おしんが駿太郎に渡した袱紗には、労賃が入っているのだろう。当分望外川荘には帰れまいと覚悟するしかなかった。

三人は段々と暗さを増す焼け跡で黙したまま立っていた。

不意に新八が口を開いた。

「この地が飛脚問屋熊野屋太兵衛方の跡地にございます。この跡地から二人の男の焼死体が出てきました」

ただの火事ではなかったのだ。

「付け火と思われます」

と新八が言い添えた。

「付け火で二人が亡くなったか。物盗りか」

小籐次の問いに新八が首を傾げた。

「殺されたのは熊野屋の主か、それとも奉公人か」

小籐次は問いを変えた。

「いえ、熊野屋の家族と奉公人は逸早《いちはや》く逃げて無事と、聞いております。二人は全く熊野屋とは関わりなき者です」

新八は身許がすでに割れているような言い方をした。

短い間があって一気に話し出された。だが、ようやく小籐次に聞き取れるほどの潜み声だった。

「御台《みだい》様用人支配とその配下の者にございます。焼死体から身元の判断はつきませんでしたが、持ち物などから推量して間違いなかろうかと存じます」

御台様用人支配は表向きの身分で、本職は内密仕事をこなす御庭番であった。

その始まりは八代将軍吉宗が紀州藩から江戸に入った折、薬込役《くすりごめやく》と馬口之者《うまくちのもの》の十七家を伴い、幕臣として将軍直属の隠密御用に従事させたことにあった。

御目見以上の身分には両番格庭番と小十人格庭番がある。陰仕事を勤めるときは、御側御用取次か、または将軍直々に指示された。その惣領が世襲で御庭番を継いだ。

その程度のことは小籐次も承知していた。

「城中に陰の者があれこれと仕えておるのは承知しておる。その一家の者がこの場にて焼死体で見つかったか」

小籐次は足元を見廻した。

いつの間にか宵闇が焼け跡を支配し始めていた。人が二人焼け死んでいたと聞いて、うすら寒さを小籐次は感じた。

老中青山忠裕が新八とおしんを動かすのは将軍家斉直々の命があるゆえだろうか。

「その者たちは熊野屋に関わりがあったのか」

「いえ、熊野屋に関わりを持つ者に関心を寄せていたと思われます」

「上様が飛脚問屋に関わりを持つ者の探索を一々命じられたか」

小籐次の問いに新八もおしんもしばらく沈黙して答えなかった。

「わしに働けと申しても、それでは動くに動けまい。包金は無駄になるぞ」

「赤目様、私どももこの場所にて二つの骸《むくろ》が見つかった、その骸はどうやら御台様用人支配の者としか殿から聞かされておりません」

「わしに手伝わせよと命じられたのは老中どのか」

小籐次の言葉におしんが頷いた。

「骸はどうした」

「すでに御庭番の御用屋敷に引き取られております」

「それでは調べもなにもあるまい。身許は知らされぬ、焼死体はすでに陰の者の屋敷に引き取られておる。なにを目当てに探索せよというのか。いや、なにを調べればよいのだ、新八どの、おしんさん」

また沈黙があった。

「赤目様、焼死体とわれら申し上げましたが、二人は喉を深々と断ち斬られ、両眼を潰されたうえで火事場に放置されたのです」

「なんじゃと。そなたら、骸を見たか」

「いえ、われらが殿の命を受けて動き出した時分には、この場から骸はすでに御用屋敷に引き取られておりました。ですが、骸を調べた川向こうの南茅場町《みなみかやばちよう》大番屋の検視医から話を聞くことができました。検視医はわれらが何者か用心してなかなか話してくれませんでしたが、老中の関わりを臭わせてようやく口を開かせました」

「喉の斬り傷が死に至った原因か」

「はい。その前に両眼を潰しております」

「なんと酷《むご》いことを」

と答えた小籐次は、

「そなたらはわしにどうせよというのだ」

二人がまた沈黙した。

「それでは話が先に進まんぞ」

「この正月十八日のことです。夜四つ半時分に芝新網町より出火して八つ時分に鎮火致しました。この折も月番の他、老中、若年寄は鎮火の知らせまで城中に待機なされました。火元が浜御殿近くゆえ、風筋を考えて類焼を案じられたのです。城中でも緊張なされたようです。ですが、運のよいことに浜御殿には火は移らなかった」

小籐次は芝新網町の火事騒ぎを覚えていた。

「この火事も付け火と疑われております。その上、飛脚問屋の遠州屋の金子《きんす》など七百両が盗まれ、預かった書状などが燃えました」

「まさかその折も御庭番が殺されたというのではあるまいな」

「いえ、それはございません」

おしんは小籐次の問いを否定した。

「次々と飛脚問屋に付け火があって金銭が狙われておるのか」

　小籐次が自問するように呟いた。

「新八さんと話し合ったのですが、この地で殺害された御庭番方は、なにか思い当たることがあって同業のこの熊野屋に狙いを付け、一味の出没を待っていたとは、考えられませぬか」

「相手に先んじられて始末されたというのか」

「殿もそのように考えられたようです」

　三人は暗い中で互いの顔を見合った。

　白い肌のおしんの顔がようやく見分けられる暗さに闇は深まっていた。

「火事騒ぎの最中、消えた娘はどう考えればよい。そなたら、すでになんらかの仮定をもっていよう」

「おそのは十四歳です。乳母に連れられて縁戚の店に向う道中、はぐれたそうです。乳母に会い、たしかめました。どうやら家に大事なものを残してきたのを思い出し、取りに戻ったようだと乳母は泣きはらした眼で言っていました。

　その折、この熊野屋でだれかを、あるいはなにかを見た。そして、付け火をした盗人どもに姿を見られて連れていかれたのではないかと新八さんと話し合いました」

「われら二人の推論ゆえ見当違いかもしれませんが、目撃されて都合の悪しき者たちの手に落ちたのではと考えました」

おしんの言葉を新八が補った。

「すでに二人を殺した相手だ。その娘も始末されたとは考えられぬか」

「町方も火付盗賊改方も今朝からこの界隈を探し回りました。ですが、おそのの骸は見つかっておりません」

おしんが言った。

「さあてどうしたものかのう。老中どのはこの研ぎ屋爺になにを望んでおられるのだ」

「殿は、『町奉行所筋も火付盗賊改もすでにおそのの生死より庭番を殺した相手の探索を優先しておろう。赤目小籐次どのは情篤《あつ》き仁じゃ、おそのを助け出すことを専一に動いてもらう。それがまたこの騒ぎを解決する早道ではないか』と私どもに申されました」

小籐次の心をくすぐるような老中の言葉を素直には受け取れなかった。だが、十四の娘がどこでどうしているか、不憫《ふびん》と思った。

不意に新八とおしんの体が闇に溶け込むように姿を消した。

小籐次もすでに感じていた。

何者かが小籐次らの立っていた熊野屋の焼け跡に忍び寄っていた。

小籐次は、新八とおしんの二人が、その者たちの輪の外に逃げる時を稼ぐためにその場から動かなかった。

破れ笠の竹とんぼを静かに抜き取り、指の間に構えた。

黒い人影は十数人か、無言で熊野屋の敷地に入って来た。

火事の跡地に焼け残った柱や梁が奇妙なかたちで残り、異臭が濃く漂っていた。

ために侵入者たちは小籐次の存在に気付いていなかった。

（そうか、新八とおしんはこの者たちを火事場に誘《おび》き寄せようと考えたのか、その餌が小籐次か）

と小籐次は悟った。

物音一つ立てず、気配を消した集団は、かような行動に長《た》けた連中だった。

（ひょっとしたらこやつらも陰の者か）

小籐次は手にしていた竹とんぼに捻りを加えた。むろん本気で竹とんぼを飛ばしたわけではない。

ぶうーん
と夜気を切り裂いて鈍い音をさせて竹とんぼが飛んで行く。その気配に、
ぎょっ
として動きを止めた一団が小籐次を睨んだ。

「そなたら、火付けの面々か」

小籐次の静かな問いの直後、小さなうめき声が上がった。痛みを堪えて無言を通したのは、敵ながらあっぱれと言えた。だが、なんで傷を負ったか、この闇では分るまいと小籐次は考えた。

「熊野屋は老舗《しにせ》の飛脚問屋、金・銀の逓送も扱うゆえ多額の金子が蔵の中に置かれていよう。昨夜のうちに運び出すべきであったな。御城近くゆえ芝新網町のようにはいかなかったか」

舌打ちが黒衣の集団の一人から漏れた。

その者が頭分だと小籐次は睨んだ。

「盗人にも三分の理というが、二人の者を始末した曰くがあるか」

小籐次は相手方に喋《しゃべ》らせようとして次々に言葉をかけた。だが、相手は全く乗ってくる気配がなかった。

沈黙が続いた。

相手も小籐次一人をどうしたものかと迷っている気配があった。

頭分の手が上がった。

「始末せよ」

との命だろう。

「いささか手強いぞ」

「………」

「名乗っておこう。巷では酔いどれ小籐次と呼ばれておる爺じゃよ」

「赤目小籐次、か」

初めて声を出した。喉が潰れたような奇妙な声だった。戦いで喉を潰されたのか、と小籐次は推測した。

「いかにもさよう」

頭分の上げた手が下がり、

「この貸し、払ってもらう」

との言葉を残した一団が闇に溶け込むように消えた。

（あとの仕事は新八とおしんの腕次第）

小籐次は闇の中で考えた。そして、即座に行動に移った。

その夜のうちに望外川荘が空《から》になった。

二

明け方、新兵衛長屋の住人勝五郎が眼を覚ましてみると、壁の向こうから鼾《いびき》が聞こえてきた。

(だれだ)

と思いながら勝五郎が厠に行くついでに覗《のぞ》くと、小籐次が独り高鼾で眠り込んでいた。

「ど、どうしたよ、酔いどれ様、おりょう様から愛想尽かしされて新兵衛長屋に戻って来たか」

勝五郎の問いかけに寝ぼけ眼《まなこ》を布団の中から勝五郎に向けた小籐次が、

「まあ、そんなようなものだ。少し寝かせてくれ」

と疲れ切った声でいうと、また眠りへと戻っていった。

勝五郎はしばらくその様子を見ていたが、昨夕はおしんさんとかいう美形とい

っしょに望外川荘に戻ったな、と思い出し、

（そうか、女二人の間でもめたな）

と自らを得心させた。

「大体な、年寄りが年下の女に手を出してよ、意外や意外うまくいくってんで、調子に乗り過ぎてよ、天罰が下ったんだな」

再び眠りに落ちた小籐次に言って勝五郎が厠に向った。

その日、小籐次が目覚めたのは五つ半（午前九時）の刻限だった。

長屋の腰高障子が開くと仕事着のまま眠った小籐次が姿を見せて、

「ああ、眠った眠った」

と両手を差し上げて伸びをした。

井戸端で朝餉の片付けをやっていた女衆が、じろりと小籐次を見た。

勝五郎の部屋からは物音がしなかった。ということは彫仕事がないということだ。

「勝五郎さんや、居るかえ」

小籐次の言葉に直ぐに勝五郎が姿を見せた。

「朝湯にいかないか、気分を変えたいでな」

「そりゃ、悪くねえな」

と答えた勝五郎が井戸端にいる女房のおきみに向って、

「湯屋に行く仕度をしてくれ、おきみ」

と叫んだ。

「湯屋に行くくらい自分で仕度をしな」

とあっさり断られた勝五郎が、

「おりゃ、一家の主だぞ。亭主のいうことが聞けねえか」

「へんだ。偉そうにしていると酔いどれ様と同じようにさ、家を追い出されるよ」

と言い返した。

「旗色悪いな。湯の仕度をして木戸口で会おうか」

小籐次は勝五郎にいうと井戸の脇を素知らぬ顔で通り抜け、厠に行って用を足した。

女たちは小籐次の様子を見ていたが、おきみが長屋に戻る小籐次に、

「やっぱり昨日連れて帰ったおしんとかいう女とおりょう様が言い争いをしたのかね」

と聞いた。

「まあ、そんなところだ」

「ということは酔いどれの旦那は、また長屋暮らしかね」

左官職人久平の女房おはやが小籐次に質した。

「そうなるかのう」

と答えた小籐次は、すでに柿の木の下で綿入れを着込んだ新兵衛が「研ぎ仕事」をしている姿に眼を留めた。

「歳を考えなって、もう若くないんだからさ。ともかくさ、おりょう様に頭を下げて家に入れてもらいな。そうしないといずれ新兵衛さんと並んで、わけの分らぬことを一日じゅう言うようになるよ」

おきみの言葉に小籐次が頷き、

「気分を変えるために、湯屋に行って参る」

と言い残すと長屋に戻り、下帯や着替えと湯銭をもって敷居を跨いだ。手には三尺ほどの竹棒を携えていた。すると勝五郎が木戸口にいて、お麻と話し合っていた。

「とうとう杖を突く様になったか、酔いどれ小籐次も終わりだね」

勝五郎が言ったがその言葉を無視して、お麻に挨拶した。

「お早う、お麻さん」

「大変ですね、赤目様」

と応じたお麻は勝五郎から聞いた話を信じている風はない。そのことには触れず、

「早く行かないと朝風呂が閉まりますよ」

と湯屋に急ぐように勧めた。

馴染みの湯屋に飛び込んだ二人は、掛け湯を使い、柘榴口《ざくろぐち》を潜った。だが、もはやだれも湯船の中にはいなかった。

「われら二人で湯を買い占めたか。悪くないな」

湯船まで持ち込んだ竹棒を湯船の縁《へり》に立てかけた小籐次は、湯にゆっくりと身を浸け、

「極楽極楽」

と呟いた。

「いまの酔いどれ様じゃ、そう強がりをいうしかないな」

「強がりとはなんだ」

「おりょう様に叩き出されたんだろうが。子はかすがいというが、酔いどれ様のとこはよ、血が繋がってねえや。駿太郎ちゃんじゃ、かすがいにもなるめえ」

「うん、そうなるか」

「そんな余裕をこいていていいのか。おきみがいうように早めに頭を下げたほうがいいぜ」

勝五郎の言葉を黙って聞いた小籐次が、

「一日でも早くそうなるといいな」

と他人事《ひとごと》のように言った。

「あのな、酔いどれ様よ、揉め事は大体男でも女でも二股かけるから事が起きるんだ。おりょう様は美形の上に歳も若い。失うと二度とおりょう様のような女子《おなご》は手に入らないぜ」

と言った勝五郎が、

「待てよ、酔いどれ一家が別れたとなると、望外川荘はどうなるんだ。あんな大きな屋敷、並みの者には保《も》ちきれないぜ。やっぱり久慈屋に戻して終わりかね」

と望外川荘の後始末まで勝手に案じてくれた。

「致し方あるまいな」

「そんな呑気なことでいいのか。まあ、頭を冷やしてよ、考えてみれば望外川荘なんてのを、研ぎ屋風情の稼ぎで保ってきたのが尋常じゃないんだよ。新兵衛長屋に戻ってくるんだな」

「もう、戻っておるではないか」

と答えた小籐次は、

「そろそろ湯が抜かれよう、出ようではないか。お蔭様でさっぱりとした」

と湯船から上がり、竹棒を手に柘榴口を潜り出た。

「馬からは落ちる。それで杖を突く様になっても、身の程を考えねえ年寄りはどうにも始末に困るぜ。今日から出直しだな」

「ああ、新兵衛さんの隣りに研ぎ場を設えて心機一転だ」

と洗い場から小籐次の声が響き、

「こりゃ、いよいよだな。まあ、新兵衛長屋は賑やかになっていいがな」

と勝五郎が得心した。

新兵衛長屋に戻った小籐次は、おきみに、

「おきみさん、すまぬが残り飯はないか。なあに茶漬けでよい、菜は青菜漬けでも大根漬けでもよい」

と願った。

おきみが黙って頷いた。

小籐次はその間に、新兵衛の隣りに研ぎ場を設えた。

おきみが古びた折敷膳《おしきぜん》に用意してきた茶漬けと大根の古漬けを見て、

「有難い」

と礼を述べた小籐次が茶碗を手に茶漬けを掻き込んだ。

その様子を長屋じゅうの女衆と勝五郎が眺めていた。新兵衛だけが「研ぎ」に熱中していた。

「馳走になった、お蔭で胃の腑が落ち着いた」

とおきみに言うと、井戸端に食い終えた膳を運び、空の器や箸を洗った。

「人の世ばかりは分らないよね。長屋から須崎村の御寮に住むまでに出世したと思ったら、また新兵衛長屋に逆戻りだ。まあ、気を落とさないで頑張んな」

おきみの言葉に頷いた小籐次が、

「本日はこちらに研ぎ場を設けた。朝めしのお代に包丁を研ぐで、女子衆、お持ち下され」

と小籐次がおきみらに言った。だれもなにも答えなかった。

小籐次は、新兵衛の隣りに研ぎ場を設けて竹細工に使う小刀など、自分の道具の手入れをした。

新兵衛は、口の中で念仏のようなものを唱えながら木製の「砥石」で木刀を研いでいた。このところ酔いどれ成り代わりは忘れたか、ひたすら「仕事」に打ち込んでいた。

小籐次は新兵衛を見倣うように小刀を研いだ。

おきみが小籐次の前に立ち、

「ほれ、うちの出刃を研いでおくれ」

と差し出した。小籐次の境遇に同情してのことらしい。

「有難い」

小籐次は顔を上げて礼を述べ、数日前に研いだばかりの出刃包丁を受け取った。

するとおきみが小籐次の前にしゃがみ込み、

「いくら天下に名高い酔いどれ小籐次といってもさ、妙な意地を張るんじゃないよ。今日はさ、早めに仕事を切り上げて甘いものでも買ってさ、おりょう様にその白髪頭を下げるんだ。いいかえ、なにを言われたからって、おまえさんが悪いんだ。我慢我慢でさ、詫び通すんだよ」

と切々と説いた。

「おきみさん、心配かけてすまぬ」

「長屋に戻ってくるなんて愚の骨頂だ。須崎村に戻るんだよ。おまえさんの家は望外川荘、こっちは仕事場」

おきみの言葉を聞きながら、

「それができればな」

小籐次が応じるところに木戸口から久慈屋の小僧の一人が駆け込んできた。

「赤目様、文《ふみ》だよ」

「小僧さん、お使いご苦労じゃったな」

小籐次はまだ名も知らぬ小僧から文を受け取ろうとした。するとおきみの眼がきらりと光った。

「酔いどれの旦那、あの女からの文かい」

「そのようだな」

「呆れた。そんな文、受け取っちゃあ、話がこじれるばっかりだよ」

おきみが叫んだ。

「すまん、おきみさん。これには事情があってな」

小僧は手にした文をどうしたものか、小籐次とおきみの顔を交互に見た。

「小僧さん、だれからその文、預かったんだよ」

おきみが質した。

「使いの男がきて大番頭さんに渡したんだよ。そしたら大番頭さんが赤目様に急ぎ届けるようにって」

「やっぱり女からの文だね」

小僧が小籐次の顔を見て、

「おきみさん、知らないよ」

と呟いた。

「女文字だよ、長屋にしばしば姿を見せるおしんって女だよ」

とおきみが断定した。

おきみはおしんになにか、敵愾心《てきがいしん》を抱いているようだった。

小籐次はそれには構わず小僧の手にあるおしんからの文を受け取った。すると
おきみがいったん小籐次に預けた出刃包丁を引《ひ》っ手繰《たく》り、

「好きにしな。この長屋の女衆は、もはや昔の女衆じゃないからね、おりょう様の味方だよ。おまえさんは針の筵に座らされているんだよ」

と捨て台詞を残すと研ぎ場から井戸端へと立ち去っていった。そこには長屋のおかみさん連が並んで小籐次を見ていた。

「年寄りが女に狂うと止めどもないというが、手の打ちようがないよ」

とおきみの言葉が聞こえた。

「もう帰っていいの」

と小僧が小籐次に聞いた。

「しばし待ってくれぬか。返書を書くかもしれぬ」

そう願うとおしんからの文を披《ひら》き、読んだ。

長い文ではなかった。

「小僧さん、わしの研ぎ道具を長屋に入れておいてくれぬか」

小籐次は「お遣い賃だ」と小僧に十文を渡し、

「大番頭さん方に、わしは急ぎ仕事が出来たと伝えてくれぬか」

と言い残すと立ち上がった。

「小僧さん、そんな端銭《はしたぜに》を貰うんじゃないよ」

とおきみが怒鳴った。

小僧が困った顔で迷ったとき、新兵衛が、

「早上がりか」

と小籐次に聞いた。

まるで昔の新兵衛に戻ったようなしっかりとした口調だった。

「よんどころのなき事情なのだ、今日はこれにて失礼しよう」

筵の傍らに置いていた次直《つぐなお》を腰に差し戻し、竹とんぼを差し込んだ破れ笠を手に堀留に泊めた小舟に急いだ。

「呆れたよ。小僧さん、あんな奴の手伝いをしなくていいよ。大切な仕事道具を放り出して女に会いに行くなんて呆れかえってものが言えないよ」

おきみが大声を張り上げた。

だが、小籐次はすでに舫い綱を解き、小舟に飛び乗り、手で石垣を突くと小舟を離して棹を手にした。

そのとき、長屋から勝五郎が姿を見せて、

「小僧さん、研ぎ場をよ、片付けるぜ」

と言った。

「おまえさん、酔いどれの旦那の味方をする気か」

おきみがむしゃくしゃするという顔で亭主に声を張り上げた。

「おきみ、あのな、これにはな、おまえの知らない事情があるかもしれないじゃないか。そう決め付けないで少しは酔いどれ様を信じてよ、黙って見ていられないのか」

へーん、だ、と応じたおきみが、

「男は度し難いよ。あんな爺を庇《かば》ってさ」

勝五郎は木桶の水を新兵衛長屋の庭木に撒きかけた。そして、

「これには曰くがあるに決まっている」

と呟き、仕事に結びつくといいな、とも思った。


小僧の寛治が久慈屋に戻って観右衛門に新兵衛長屋の様子を告げて、

「赤目様から十文貰いました」

と手の中の十文を見せた。

「そうか出かけられましたか」

「大番頭さん、この銭、おきみさんは貰っちゃいけないというんです。どうした

らいいでしょう」

「貰っておきなされ。だが、買い食いなんて真似はしてはいけませんよ」

観右衛門の言葉に寛治がはい、と嬉しそうな顔をして袖に銭を落とし込んだ。

帳場格子の隣りから浩介が観右衛門を見た。

「赤目様、厄介ごとに巻き込まれましたか」

「そのようですね」

二人が囁き合うところに難波橋の秀次親分と空蔵が揃って姿を見せた。

「あれ、酔いどれの旦那はこっちで仕事をしてないのか。新兵衛長屋のほうかね」

空蔵が帳場格子を見た。

「あちらにもおられません」

「じゃあどこにいるんだよ」

「空蔵さん、私は久慈屋の奉公人です。赤目小籐次様の番をしているわけではございませんでな」

「そりゃ、そうだけど。こんなときってよ、酔いどれの旦那が決まって隠れてここそ動いているときだ。さあて、どこか、まさか望外川荘に潜んでいるってことはないよな」

「存じません」

と冷たく観右衛門が言い、空蔵が、

「親分の用事はなんだ」

と秀次を問い質した。

「空蔵さんよ、わっしも赤目様の番をしているわけじゃねえ。おまえさんと偶々《たまたま》通りで鉢合わせしたから、こうしていっしょに久慈屋さんに寄っただけだ」

「親分、御用じゃねえよな」

「御用であろうとなかろうと、一々読売屋に言う義理はねえからね」

秀次が言い放つと、空蔵は黙って久慈屋を出ていった。

「大番頭さん、わっしら町方は、手をつけちゃならねえそうだ。火事騒ぎで一人、娘が行方知れずになったというのに、指を咥《くわ》えて見ているしかございませんのさ」

親分も空蔵がいなくなって正直な気持ちをぼやいた。

「その騒ぎに赤目様が」

「関わりあるのかないのか、それも分りません」

と首を捻った秀次が、

「一つだけはっきりしていることがある。最前、須崎村を訪ねましたがね、望外川荘にはクロスケの姿さえない、もぬけの空だ。そのことをこちらに教えにきたんですよ、そしたらその先で読売屋の空蔵にばったりと会った」

と真剣な顔で言った。

三

そのとき、小籐次は本石町四丁目の大黒屋にいた。

この界隈は江戸の商いの中心の一つといってよい。

両側町には京・大坂の出店が進出し、足袋問屋が多く軒を連ねていた。そんな足袋問屋の多くは、商人宿を兼ねており、中でも島村屋と吉野屋は、下り雪駄《せった》問屋も兼ねていた。

つまり京・大坂の老舗が江戸に進出し、上方の品を販売すると同時に、品質のよい下りものの、値段が張る足袋や雪駄を商っていたのがこの界隈だった。

ふだん小籐次が世話になる京屋喜平も同じ出自だが、京屋喜平は芝口橋で足袋だけを商っていた。

そんな本石町四丁目の中でも大きな店が、大黒屋三郎兵衛方だった。大黒屋もまた下りものの蠟燭《ろうそく》、真綿、木綿、呉服を商っていた。

もう一軒、本石町四丁目で大黒屋と競い合う店が、大和屋三郎右衛門方で、こちらは諸国の銘茶と紙問屋を兼ねていた。久慈屋の商売仇だ。

瀬戸物町から出火したために伊勢町河岸の料理茶屋よもぎは、親戚筋にあたる大黒屋に一家、奉公人十数人が身を寄せていた。むろん娘のおそのは大黒屋の離れ屋にはいなかった。

小籐次は、おしんの文で呼ばれ、大黒屋を訪れたのだ。

大黒屋は、出が山城国伏見とか。蠟燭、真綿、木綿、呉服と扱うだけに間口が三十数間、奥行きは全く想像もつかなかった。

「ご免」

小籐次はだれに声をかけてよいのか分らないほど働く奉公人に呆気《あっけ》にとられながら、声をかけた。

大きな店の一角に帳場格子があって、大番頭風の白髪頭がじろりと小籐次を見た。しばらく黙したまま小籐次の品定めをしていたが、

「もしや、赤目小籐次様ではおへんか」

と声をかけて来た。

上方が本家の江戸店では、京言葉や大坂言葉を商いに利用してしばしば使った。総じて下りものは、品がよく値が張ったゆえに、その証に上方言葉が使われることがあった。

「いかにも赤目小籐次にござる」

「これは大変どすわ。天下の酔いどれ小籐次はんがうちにお見えにならはった、えらいこっちゃ」

と上方言葉で呟き、

「赤目様、うちは問屋どす。小売りは致しておりまへん」

と気の毒そうに言った。

「大番頭どの、物を購いに参ったのではない。こちらに料理茶屋よもぎのご一家が身を寄せておられると聞いたでな」

「おや、赤目様はよもぎのお客どしたか」

「冗談を言われるでない。研ぎ仕事を生業にしている爺が伊勢町河岸の料理茶屋の暖簾《のれん》が潜れると思うてか」

大黒屋の大番頭が含み笑いして、

「天下の酔いどれ様ではおへんか、怖いもんなどあらしまへん。過日は、六百両も御救小屋《おすくいごや》に寄進なされたほどの篤志家やおへんか」

「篤志家がこの形《なり》でござるか。あの金子はそもそもわしのものではない」

と小籐次は仕事着の筒袖の端を引っ張ってみせた。だが、古着ではあったが、おりょうが継ぎを丁寧にあてていたし、洗濯もしていたから清潔だった。

「人は外見や形やおへん」

と応じた大番頭が、

「わては正蔵どす、以後ご昵懇《じっこん》のお付き合いを」

と名乗り、

「よもぎはうちの主の親戚筋どす、赤目様がなんの御用どすやろか」

と訝しい顔をした。

「おお、それを申さなんだか。おしんなる女子に呼ばれたのじゃがな」

「おや、おしんはんに」

正蔵の言葉には、おしんと知り合いのように聞こえる響きがあった。おしんを老中青山忠裕の関わりの者と、正蔵は承知しているのか。

「おお、ど忘れしてましたがな。おしんはんから尋ね人がうちに来ると聞いておりましたんや、まさかそのお方が酔いどれ小籐次様、いえ赤目小籐次様とは、努々《ゆめゆめ》考えまへんどしたわ」

とようやく得心した顔で、

「お上がりやす、わてが案内《あない》させてもらいます」

と小籐次を大黒屋の店に招じ上げた。

曲がりくねった廊下を進み、広々とした庭を取り巻く廊下に出た。

おしんは、大黒屋の母屋と離れ屋の渡り廊下で老女と話していた。

「おしんはん、客が赤目小籐次はんやと、ちっとも知りまへんどしたがな。魂消《たまげ》ましたわ」

「おや、私、そんな大切なことを言い忘れておりましたか、すいません、大番頭さん」

と正蔵に詫びた。

「わしとてこちら様がおしんさんと知り合いとは考えもしなかった」

「大黒屋の出は、伏見に進出する前、丹波篠山《ささやま》でした。篠山藩と伏見の大黒屋の本家とは昔から昵懇の付き合いなんです」

おしんが説明するのを聞きながら、小籐次は老女を見た。

憔悴《しょうすい》しきった顔をしていた。おそのを行方知れずにしたと自らを責めてのことだろう。

「赤目様、乳母の吉女《きちめ》さんです」

おしんが老女を紹介した。

大番頭の正蔵が目顔でおしんに挨拶して、その場を立ち去った。

小籐次は改めて大黒屋の庭から辺りを見回した。

奥行きが広く、久慈屋の何倍もの建物と敷地だった。

「おそのさんですがね、吉女さんが言われるには、あの火事騒ぎの家に戻るほどの大事なものの見当がつかないそうです。何度も聞いたのですが、手を振り解いてまで店に戻ったわけがどうしても分らないそうです」

おしんは黙りこくった吉女からようやくこれだけ聞き出したのか。

「おそのさんは、そなたの手を振り解いて店に戻ったのか」

吉女が小籐次の問いに黙って頷いた。

「吉女さん、わしらはなんとしても、おそのさんを助けたいのじゃ。わしの言葉を信じてくれぬか」

小籐次の言葉に微かに乳母は頷いた。

「おそのさんとそなたは、手をつないで大黒屋さんに逃げてきたのじゃな。どこをどう通って逃げてきたのか」

吉女がおしんを見た。

もはや説明したという表情だった。

おしんが頷いてみせ、小籐次にもう一度話すように無言で命じた。

吉女はそれでも口を開かなかった。おそのを見失ったことを主に叱られたか、茫然自失していた。代わりにおしんが言った。

「よもぎは伊勢町河岸の中ほどにあります。ちょうど雲母橋と道浄橋の間です。吉女さんはおそのさんと道浄橋から大横町に出てこの本石町四丁目を目指していたそうです。ところがおそのさんが大横町に入ったところで、不意に足を止めたというのです、そうでしたね、吉女さん」

おしんの言葉に吉女が曖昧に頷いた、混乱してよく物事を思い出せない表情だった。

「あんたはだれや、役人やないな」

と尋ね返した。

「わしか、赤目小籐次というて、研ぎ屋の爺だ。曰《いわ》くがあっておしんさんの手伝いを為しておる」

吉女のしぼんだ体がぴくりと動いて、

「赤目小籐次、酔いどれ小籐次様か」

「そうだ、その酔いどれ小籐次だ」

吉女の顔に赤みが差した。しばらく思案していたがようやく重い口を開いて、

「おそのお嬢さんは、十四にしては、体付きも小さいし、顔も幼いんですわ、酔いどれ様」

ぼそりと言い、さらに続けた。

「でもな、だれにも気遣いをみせる賢いお嬢さんなんです。そのお嬢さんが、なにか思い出したように立ち止まったんですわ」

「お嬢さん早く、大黒屋さんに行きますよ」

吉女がおそのに言い、三味線を抱えていた左手とは反対の右手を引いた。

大荷物を抱えて避難する人や血相変えた火消したちが大横町を大勢走り回っていた。その頭上に火の粉が降っていた。

「どうしたんです、お嬢さん」

「あれは」

とおそのが言った。

「あれって、なんですの」

「見たの」

「なにを見たと言われるんです」

おそのがなにか呟いた。

だが、耳が遠くなった老女には聞き取れなかった。

不意におそのは抱えていた三味線を吉女の手に押しつけた。そして、またなにかを自分に言い聞かせるように呟き、ぱっ、と元来た道へと走り戻っていった。

吉女は、

「おそのお嬢さん」

と叫びながらこけつまろびつおそのを追った。だが、背に夜具を抱えた男にぶつかり、

「婆さん、気をつけろ。火事場に向ってどうするよ。逃げるなら逆の方向だぞ」

と怒鳴られて、その場に三味線を抱えてへたり込んだ。

「お、お嬢さん」

吉女は力なくその場に座り込んでいた。

「……おそのさんは忘れた大事な品を取りによもぎに戻ったんじゃなかったのかな」

「ち、違います」

おしんが最前とは違うという顔を小籐次に見せた。

「違います」

ともう一度吉女が言った。

「吉女さん、分った。おそのさんが見たというのは、なにを見たのか、聞き取れなかったかな」

小籐次はゆっくりと声を高くしながらも優しく言葉をかけた。

「大横町に大勢の人が走り回って火の粉が舞っていました」

吉女は自分に言い聞かせるように呟いた。

「うんうん、火事場の近くだ、そうであろうな。怪我はなかったか」

小籐次の言葉に吉女が右腕を触り、痛みだけです、と答えた。そして、また沈

思していたが、ああ、と悲鳴を上げ、

「奇妙な二人を見たような気がする、と言ったんです」

と自分の言葉に茫然とした顔付きをした。

聞き取れなかったという言葉を吉女は、混乱した頭の中から絞り出した。

おしんが、えっ、と驚きの言葉を発した。

「お嬢さんは火付けを見たのかもしれないと思い、お店まで確かめに走り戻っていかれたのかもしれません」

と小籐次の顔を見た。

「見たというのは、いつのことであろうか」

吉女は首を横に振った。

「おしんさん、家族に話を聞いたか」

「ご両親は、火事騒ぎと娘さんが行方知れずになったことで、離れ屋に寝込んでおられます。最前医師が呼ばれました」

「だれか、おそのさんの暮らしを承知の者はいないか」

「小女のあきがお嬢さんと仲がいいです。でも、あきは、お嬢さんほど利発じゃありません」

と吉女が言った。

「吉女さん、あきさんを呼んでくれぬか」

頷いた吉女が、

「私はどうなるんやろうか」

と小籐次に聞いた。

「気をしっかりと持って、おそのさんが戻ってくるのを待つのだ」

小籐次の言葉に頷いた吉女が離れ屋の渡り廊下をとぼとぼと歩いていった。

あきは確かに利発な娘ではなかった。

「そなた、火事が起こったとき、どうしておった」

小籐次の問いに曖昧な表情を浮かべたあきは、

「寝ていた」

と答えた。

「寝る場所はどこだな」

「台所上の中二階」

「おそのさんはどこに寝るのだ」

「母屋の二階」

「おそのさんは寝ていたのだろうか」

「いえ、三味線の音がしていたから、部屋で稽古をしていたと思います」

「おそのさんの部屋から表が見えるかな」

「堀も見えるし、橋も見える」

「師走のことだ。障子は閉めてあったろうな」

「おそのお嬢さんは閉め切られた部屋は息苦しいと、いつも少し開けておかれるんです。そして、寝る前に障子を閉めるんです」

「そなた、火事騒ぎをどうして知った」

小籐次は話を転じた。

「表で大声がしたよ、『火事だ』って、それで梯子《はしご》段《だん》を慌てて下りたんだよ」

火事騒ぎを思い出したせいか、あきの言葉が乱暴になった。

「そなた、火事場を見たか」

「いや、見るひまはなかったよ。すぐにおそのお嬢さんを二階からお連れしろ、とだれか男衆《おとこし》が命じたでな、二階に上がったんだ。だけどよ、お嬢さんの姿はもはやなかった」

「部屋の様子を見たか」

小籐次の問いにあきは考え込んだ。

「三味線の稽古をしていたんだな」

と問う小籐次にあきが、あっ、と漏らし、

「このくらい障子が開いていた」

と両手を肩幅ほどに広げて見せた。

「そなた、その障子から火事場を見なかったか」

「見てねえ」

とあきは答えた。

長い時間をかけて、あきが大黒屋に避難した経緯を小籐次は聞き出した。

料理茶屋よもぎには男衆が残り、女衆はばらばらに大黒屋へと避難したという。あきが避難したのは、おそのと吉女が避難した直後と思われた。だが、大横町は混んでいたので、別の道を通ったと答えたあきだが、その通りがどこだか覚えがないと言った。

「男衆も、火が飛んできて火消しが打ち壊しを始めたんで大事なものを持って大黒屋に逃げてきた」

あきの話は、突然終わった。

ということはおそのが料理茶屋に戻ったとしたら、男衆が立ち去った後と思えた。

小籐次とおしんは、料理茶屋よもぎに向った。

入堀の対岸には、町方役人の姿があった。

だが、よもぎのある伊勢町河岸のほうは人気《ひとけ》がなくがらんとしていた。おしんが対岸の役人に話しに行った。どのように説得したか知らないが、小籐次のところに戻ってきて、

「入れます」

と言った。

料理茶屋よもぎの表口は、鳶口《とびぐち》で破壊されていた。その上に板が打ち付けられて出入りができないようになっていた。

江戸時代の火消しは「破壊消防」だ。火が広がらないように火元近くの家は打ち壊された。

よもぎは、なんとか全壊は免れたが、料理茶屋を商うには大工の手を入れねばならなかった。それよりなにより娘のおそのの行方が知れなかった。そのせいも

あり、料理茶屋が営業を再開するには当分、間がかかりそうだった。

小籐次とおしんはよもぎの裏口に回り、台所の出入り口の腰高障子に小籐次が手をかけた。

するり、と開いた。

料理茶屋らしく広い台所だったが、物が散乱していた。そして、土足で上がり下りした跡があった。

火消したちの足跡か。

小籐次とおしんは履物を脱いで台所の板の間に上がり、二階への階段を見つけて上がった。

二階はがらんとしていた。

おそのが行方を絶ったことは町奉行所に届けが出されていた。だが、火事場で陰の者の二人の骸が発見されて、瀬戸物町の火事場自体が封鎖されて、おそのの探索は後回しにされているようだ。

あきは、おそのの部屋が西の角部屋だと言った。

台所からの階段のすぐ脇だった。

小籐次とおしんが入るとこちらには土足の跡が残っていた。そして、敷かれた夜具の上も足跡があった。

「おそのは自分の部屋に戻ってなにを確かめたかったのだろうか」

小籐次は堀に向った障子が一尺半ほど開かれているのを見た。

おしんはその場所に立ち、堀向こうの火事場を見下ろした。

「赤目様」

とおしんが呼び、障子をもう五寸ほど開くと、雲母橋の向こうに火元の町飛脚問屋の熊野屋の焼跡が見えた。

「陰の者二人の骸は、熊野屋の敷地の西側で見つかっております」

「おそのは戸締りしようとして障子に手をかけた折に、怪しげな人物を見たのだろう。そのことを避難する道中に、もしや火付けではと思い付いた」

小籐次がもらしたとき、二人の他に人の気配がした。

四

おしんがふわりと姿を消した。

黒羽織と筒袴《つつばかま》に両刀を手挟《たばさ》んだ武士が二人、小籐次の前に姿を見せた。町奉行

所の与力同心が漂わす雰囲気とは異なった、

「危険」

を小籐次は感じとった。

「何奴か」

高圧的な言葉遣いだった。痩身の武士が身分は上か、小太りのほうが小籐次を質した。

「よもぎに頼まれてな、行方知れずになった娘を探す手伝いをしておる」

「よもぎじゃと、この家の者に頼まれたというか」

「ということだ」

「関わりなき者が嘴《くちばし》を突っ込むでない」

頰が削《そ》げた痩身が悠然と立って小籐次を観察していた。小籐次を誰何《すいか》した小太りは、刀の柄《つか》に手をかけていた。

「白洲に引き立てようか」

刀の柄に手をかけたほうが小籐次を脅すように睨んだ。

「おぬしら、町奉行所の関わりの者ではないな」

小籐次が質すと、頰が削げた方がじろりと小籐次を睨み付けた。そして、

「火付盗賊改」

と静かな声で告げた。

火付盗賊改の最初の任命は、寛文五年（一六六五）十一月一日に、先手頭《さきてがしら》水野小左衛門守正が、

「関東強盗追捕《ついぶ》」

に命じられたことを嚆矢《こうし》とする。

元禄十二年（一六九九）に火付改・盗賊改はいったん廃止されるが三年後に復活し、享保三年（一七一八）に火付改・盗賊改・博奕《ばくち》改と三つに分れていた部署が、

「火付盗賊改」

として統一された。

この火付盗賊改は、町奉行に協力する立場とされ、捕えた者は町奉行所等に渡すと決められていた。

しかし、実際には火付盗賊改の役所内には、白洲も仮牢も設けられてその牢問いは町奉行所の比ではないほど厳しく、江戸町民はこの火付盗賊改を鬼のように恐れていた。また火付盗賊改は、武士、町人の区別なく検挙できた。また町奉行

は公事《くじ》訴訟を扱うが、火付盗賊改は、犯罪を撲滅するための役目ゆえ検挙が主だ。

「火付盗賊改のう」

小籐次が呟いた。

「何奴か、名乗れ」

小太りが言った。

「名乗らんではないが、問い質すには礼儀があろう。そなたらから姓名を教えてくれぬか」

「なにっ、強《したた》かな爺じゃな」

すると痩身の武士が、

「琴瀬、脅しは効かぬな」

と言った。

「なぜでございますな、小菅様」

琴瀬と呼ばれた男が上役の小菅に首を一瞬向け直して問うた。

「芝口橋の紙問屋でこやつが仕事をしておるのを見たことがある」

「まさか、酔いどれ小籐次」

どうだ、という顔で小菅が小籐次を見て、

「火付盗賊改与力小菅文之丞」

と名乗った。

「この者は同職同心琴瀬権八」

小籐次は小菅に頷くと、

「さよう、それがしは赤目小籐次にござる」

と挨拶した。

「この者が赤目小籐次にございますか」

琴瀬が小菅に質した。

「当人が名乗ったのだ、間違いなかろう」

小籐次は、土足の火付盗賊改の与力・同心を見た。

「赤目小籐次、真によもぎに頼まれ、この料理茶屋の娘を探しておるのか」

小菅が改めて小籐次を質した。

「なんぞご不審か」

「そなた、南町と付き合いがあるそうな」

火付盗賊改と町奉行は役職として重なり合う部分があり、前者は若年寄支配、後者は老中支配の違いがあった。ために二つの組織は互いを牽制し合い、意識し合っていた。

「付き合いと申しても、南も北もともに世話になった覚えはない」

「世話になるより世話をしているという面だな。確か御救小屋に六百両もの大金を寄進したのもそのほうじゃな」

「それがしが汗水たらして稼いだ金子ではなかったからな」

「われらのやり口は違う」

小菅が言った。

「火付盗賊改の名を聞けば泣く子も黙ると巷の噂じゃ」

「悪名だけが独り歩きしておる」

「そう聞いておこうか」

小籐次の返答に小菅が、

「赤目小籐次、この家の娘が行方知れずになった曰くをすでに承知か」

と尋ね返した。

「十四といえば、あれこれと考える年頃じゃでな。従っていた乳母の手を振り切ってこの家に戻ったのは、大事なものを取りに戻ったからだというのだ。それがし付き合いのある者からの文でも取りに戻ったのではないかと、この家に見に参った」

小籐次は吉女が思い違いをしていた最初の言葉を利用して、こう説明した。

「十四の小娘が男と付き合いがあったか」

「二親は火事騒ぎと娘の行方知れずで床についておる。奉公人などから聞いた話をそれがしなりに考えてのことだ、当たっているかどうかは分らぬ」

「文を見つけたか」

「そなたらが直ぐに入ってきたでな」

小籐次の言葉を吟味するようにしていた小菅が開けられた障子戸に歩み寄り、外を見た。視線の先が火元の熊野屋に向けられていた。

「この障子を開けたのはだれだ」

「それがしがな、火事場の臭いを外に出さんと開けた」

「赤目、そなた、なんぞ曰くがあってこの戸を開いたのではないか」

「と言われますと、小菅どの」

しばし小菅は沈黙したまま小籐次を見ていた。

いつしか、小籐次の背後に琴瀬が回り込んでいた。きっかけがあれば斬りかかる体勢だ。火付けと見られる火事の現場に小籐次は入り込んでいた。

火付盗賊改ならば、その一事だけで斬り捨てても、だれからも文句は出まい。

「そのほう、この料理茶屋から燃えた熊野屋を眺めに来たのではないか」

「こたびの一件がなければ、この界隈には馴染みがござらぬ。熊野屋とは何屋でございますな」

「金・銀も逓送する飛脚問屋だ」

「ほう、飛脚問屋でござるか、研ぎ屋には無縁の存在じゃな」

「熊野屋がこたびの火事の火元だ」

小菅が言い、

「うーむ、そなたらが出張っておるというのは、火付けゆえでござるか」

と小籐次が尋ね返した。

「赤目小籐次、口も達者じゃな」

しばし小菅が沈黙し、

「火付けかどうか、そのほう承知の顔じゃな」

「とんでもない」

「初対面ゆえ本日はそのほうの言葉を聞きおく。この次が楽しみな」

小菅が料理茶屋の二階から表階段に向う構えを見せた。

小籐次の背後でも琴瀬が小菅に従う気配を見せた。
不意に小菅が小籐次を振り返り、
「娘の親は床に就いておるのであったな。赤目小籐次、娘を探してくれぬか、と
だれに頼まれた」
と突然聞いた。
その瞬間、背後から殺気が襲いきた。
小籐次は横手に逃げると見せかけて斜め後ろに小柄な体を倒していた。
視線の端に琴瀬が脇差を抜いて斬りつけてくるのを見ていた。
刃がわずかな差で小籐次の鬢《びん》を掠《かす》めていった。
小籐次はおそのの布団に倒れ込みながら、次直を抜き放っていた。
次の瞬間には、ひょいと立ち上がっていた。
琴瀬は前へとたたらを踏み、袴の帯がだらりと二つに垂れて袴が足元に脱げ落
ちていた。
「火付盗賊改とは申せ、次なるとき、さような悪戯をなせば斬る」
小籐次が琴瀬に沈んだ声音で言った。
「おのれ」

琴瀬が抜身の脇差を畳に突き刺すと、慌てて袴をたくし上げた。

小籐次は次直を鞘に納めながら、

「小菅どの、わしがこの家の娘探しを頼まれたのは本石町四丁目の大黒屋からじゃ、このよもぎとは縁戚筋じゃ。人を介して大黒屋から願われた」

小籐次の返答に小菅が首肯した。

「さすがは『御鑓拝借』、『小金井橋十三人斬り』の猛者《もさ》かな。御先手組きっての抜き打ちの名手琴瀬も形無しじゃな。よいか、余計な節介を決してなすではない、赤目小籐次といえども火付盗賊改は容赦なしじゃ」

「承《うけたまわ》った」

小菅が表階段へと向い、琴瀬がたくし上げた袴を再び脱ぎ捨てると、畳に刺した脇差を鞘にゆっくりと戻した。そして、袴を摑み、小籐次を睨んだ。

「本日は、手を抜いた。この次は手加減せぬ」

「承った、と申したぞ」

袴を抱えた琴瀬も料理茶屋よもぎの二階から早々に立ち去った。

小籐次は障子戸に近付いた。

伊勢町河岸に火付盗賊改の二人の姿はなかった。となれば、本石町四丁目の大黒屋に向ったか。小籐次の釈明は辻褄《つじつま》が合わなくなる。

だが、話の流れで致し方ない仕儀だ、そのときはそのときだ、と肚《はら》を固めた。

小籐次は、よもぎの二階、おそのの部屋にいるのを対岸の火事場から人に見られないようにしながら、昨夜の陰の者を追った新八とおしんは、あやつらに撒かれたのだろうかと思った。そして、小籐次は部屋の隅に転がった匂袋を見つけて手にとった。

それにしてもおしんがなにも言わないのが訝しかった。

熊野屋の焼け残った地下蔵には今も大金が入っているのか。

陰の者たちは、昨夜の失敗で今晩も姿を見せるのか。そんなことを考えながら匂袋を懐に入れた。


須崎村の弘福寺本堂道場では、駿太郎と創玄一郎太、田淵代五郎と智永の四人が打ち込み稽古をしていた。

智永は、寺の倅だがなにをやっても長続きしなかった。安房の兄弟寺に修行に出たが、博奕にのめり込んで須崎村に戻されていた。最近では、この界隈の仲間の己之吉について見習船頭になったが、

「力仕事は辛い」

と辞めていた。

剣術の稽古も手を抜いていたが、年下の駿太郎の門弟になった経緯から辞めるわけにはいかず、本堂道場で一応毎日稽古に加わっていた。

「おい、駿ちゃん、ちょっと休息しないか。叩かれっ放しでは身がもたん」

と泣き言を言った。

最前から何度めかの懇願だ。

駿太郎は、致し方なく休憩を許した。

「今朝からさ、うちは急に豪勢な朝餉になったんだぞ、一郎太さん、代五郎さんよ」

「そりゃそうだ、望外川荘の一家が寺に越してきたんだからな。食いものも掃除も洗濯もおりょう様を始め、一家がやってくれるのであろうが」

代五郎が答えた。

「おれもさ、親父もさ、いつまでだっておりょう様一家が寺にいてもいいぜ。なんたって男っ気ばかりの寺に花が咲いたようだもんな」

智永がいうところに間合いを計っていたように、おりょうとお梅が茶菓を運んできた。

「有難い」

と智永が叫んで、盆の上の煎餅に手を伸ばし、

「おりょう様、本日の夕餉はなんですか」

「呆れた。智永さん、おりょう様は弘福寺におさんどんをしにきたんじゃないのよ」

お梅が言い放った。この土地で育った二人で幼いときから顔馴染みだ、遠慮がない。

「分っているって。赤目様が留守の間だけだよな。夜中に悪いやつらが襲いくるかもしれないってんだろ。おれがさ、望外川荘に泊まり込んでもいいんだぜ。それにさ、こないだのように、一郎太さんと代五郎さんが加われば、だれが襲ってこようとも、撃退できるよな。それにクロスケもいることだしさ」

おりょうはにこにこ笑いながら智永の話を聞いていたが、

「うちの旦那様がかような話を持ちだしたのは初めてのことです。間違いなく相手がただ者ではないのです。智永さん、お寺には迷惑かもしれませんが、しばらく厄介になりますからね」

と言って頭を下げた。

小籐次は、瀬戸物町の火事場で、陰の者の一団と出会ったとき、赤目小籐次を名乗っていた。

その折は、一団を引き揚げさせるためには効きめがあった。だが、赤目小籐次を名乗った以上、陰の者が小籐次のなにからなにまですべてを調べ上げるのに、手間はかかるまいと思った。

小籐次が留守の望外川荘は、駿太郎が頼みだ。だが、いくら駿太郎が剣術が得意といってもまだ子どもだ、百戦錬磨の陰の者にとっては児戯に等しい駿太郎の腕前だ。

小籐次が外で気ままにおその探しに動くには、望外川荘が安全でなければならなかった。そこで昨夜のうちに小籐次は弘福寺におりょう、駿太郎、お梅に百助《ももすけ》、それにクロスケを移していた。

「うちは大喜びだけどさ、赤目小籐次様も敵わない相手か」

「いいえ、旦那様がおられれば、なんとかなりましょう。旦那様は大事な務めで望外川荘に戻ってこられないのです」

おりょうが智永に説明した。

「駿ちゃんでも相手が出来ないなんて何者だろう」

「智永さん、私が相手できない武術家は江戸にたくさんおられます。父上がそう言われるにはちゃんとした理由があるのです」

駿太郎は智永に言いながら母を見た。

おりょうは、瀬戸物町の火事がただ事ではないと小籐次に知らされていた。長い付き合いの中で、かように用心深い行動を命じたのは初めてのことだった。それだけに危険なのだ、と悟っていた。

「赤目様ならば、きっと相手を倒して望外川荘に元気に戻ってこられます、間違いございません」

と一郎太が言った。

休憩したあと、おりょうたちが本堂道場を引き上げた。

「おい、駿ちゃん、ほんとうに望外川荘に危ない連中が襲ってくるのか。おれは信じられないな」

と智永が言った。稽古をしたくないので休憩を引き延ばそうとしてのことだ。

「父上が申されることに間違いはありません」

と答えた駿太郎だが、相手を見てみたいと思っていた。

「駿ちゃん、夜中にさ、そっと見張っているというのはどうだ」

智永の言葉に駿太郎は惹かれていた。

「待て、見張るときはわれらも手伝おう。危ないと思ったら、四人とクロスケで騒ぎ立てれば、そいつらだって、逃げ出すんじゃなかろうか」

代五郎が言い出した。

「一郎太さんと代五郎さんは奉公の身です」

「だから、本日稽古が終わったらいったん屋敷に戻り、池端恭之助様に許しを願ってくる。この前も泊まり込みでの稽古を許されたのだ、なんとかなるよ」

と代五郎が言い、一郎太が不承不承頷いた。

第三章　見張り

一

文政七年（一八二四）師走の夕暮れが近付いていた。

小籐次は、そのまま伊勢町河岸にある料理茶屋よもぎの二階座敷にいた。

なにか目的があってということではない。

火付盗賊改の小菅文之丞と同心琴瀬権八がよもぎの二階に現れたとき、事前に察知したおしんが姿を消していた。だが、小菅と琴瀬がよもぎから出ていったにも拘わらずおしんが戻ってこないことを小籐次は気にかけていた。そこでこの場で待つ決断をなしたのだ。

宵闇が迫って、よもぎに変化があった。

人の気配がしたが、小籐次はその場を動かなかった。

「赤目様、おられますか」

おしんの潜み声が小籐次の耳に届いた。

「動くよりはと思いこの場で待っておった」

その声を聞いたおしんは裏階段を上がって来た。一人だけではなかった。中田新八と一緒だった。

「ご苦労であったな」

小籐次は前に座った二人に声をかけた。

薄闇の中で三人が対座した。

「赤目様、こたびの一件、御庭番なる陰の者がからんでいるだけに、かような闇の中で失せ物を探しているようで、なんとも頼りないことです」

と新八が言った。

「おそのの居場所は分らぬというか」

「見当もつきませぬ。あの者たち、正体があるようでなし、正体がないようで不意にその姿を見せて、こちらを攪乱《かくらん》致します」

昨夜の追捕が失敗に終わったことを認めた。その口調には口惜しさが滲んでいた。

「まあ、上様直々の御用を賜っていた連中だ。わしのような研ぎ屋風情には関わるまい」

小籐次が新八の疲れ切った声に応じた。

闇の中で新八の顔が動き、

「赤目様は御庭番家筋をご存じですか」

と尋ねた。

「紀州藩主の吉宗様が八代将軍に就かれたおり、藩の薬込役と馬口之者を連れてきて、幕府の広敷《ひろしき》伊賀者に取り立て、吉宗様直々に用命する隠密御用、陰の者にしたというくらいのことしか知らぬ」

「赤目様、その薬込役の十六人を広敷伊賀者に、さらに馬口之者を勤めていた川村新六様を伊賀御庭番に起用して、この十七人が御休息御庭締戸番《おきゆうそくおにわしめどばん》、伊賀御庭番として御庭番家筋十七家と定められたそうな。享保十四年といいますから九十五年も前のことです。そのあと、四家が差し障りありと追放され、残りの十三家に別家六家が加わって、ただ今では十九家と聞いております」

老中の密偵を勤める新八でさえはっきりとしたことは把握していない口調だっ

た。

「伊勢町堀の対岸の熊野屋で殺されたこの御庭番家筋の二人は小十人格、御目見以上の者とその配下です。さらに他にも添番、添番並、伊賀などと呼ばれる御目見以下の庭番、陰の者が城中にいったい何十人おるのか、何百人おるのか、われらが知る由もありません」

新八がうんざりした口調で言った。

「未だ熊野屋で見つかった二人の庭番方の名も分らぬのか」

小籐次の問いに新八が、

「御庭番家筋の一家、表向きには御台様用人支配の小十人格の菅野継次郎、その配下の与謝口彦平と聞かされております。ですが、陰の者ゆえ本名かどうかは分りませぬ」

と答えた。

「名を知ったところでなんの役にも立たぬか」

「はい」

「では、わしが相手した陰の者たちは何者だ」

「紀州から吉宗様に連れられて江戸に出た十七家のうちから四家が差し障りあり

として追放されたと最前申しましたな」

「聞いた。その家筋の者がなんぞ画策しておるのか」

「四家が御庭番家筋の頭に嘆願書を出して、御庭番への復帰を何度も願ったとか。公儀ではそれを拒んでおります。そこでただ今の御庭番家筋と追放の憂き目に遭った四家との間に暗闘が繰り返されておるそうな。上様もこの一件をご承知で、『御庭番家筋の対立は芳しからぬ仕儀なり、四家の追放は謂れのあってのこと、復帰はなし』と申されたそうな」

「上様はお悩みになった末にそなたらの主どのに始末を頼まれたという筋書きか」

「およそのところはさようかと推量します」

「小十人格庭番菅野継次郎ら二人を火付けの場で殺《あや》めたのは、追放された四家の元御庭番筋じゃな」

「と、推測しております」

小籐次が念押しし、新八が答えた。

「追放された四家が芝新網町の飛脚問屋を襲い、金品を強奪して火付けをなし、こたびは、さらに城中近くの瀬戸物町の熊野屋に狙いをつけ、同じく火付けをなした。それを御庭番筋の者が咎め立てしようとして始末されたか」

「その推量も成り立ちます」

「推量を裏付ける人物がいた」

小籐次が闇の中でゆらりと立ち上がると、障子戸を開いた。

「この料理茶屋の娘、おそのが見ておった」

「元陰の者にして火付け強盗の面々はそのことに気付いて、おそのをこの場から連れ去ったのでしょうか」

小籐次の言葉をおしんが補った上で問うた。

「昨夜、あやつらを新八どのとおしんさんは追っていったのではないか」

どうやら追捕に失敗したと推測はしていたが、小籐次は念のために糺《ただ》した。

新八がおしんに視線を向けた。

「話すほどのこともございません、赤目様」

「娘の命が掛かっておるのじゃぞ」

「そのことは重々承知です。ですが、昨夜、赤目様に邪魔をされた元御庭番筋の面々十数人は、用意していた舟と徒歩《かち》組の二手に分れて、新八さんと私をまずばらばらに分れさせたのです。私は、舟組を受け持ちましたが、都合よく拾った猪牙舟は、あの者たちの一味でございまして、仲間が逃げ果《おお》せるように仕向けました」

おしんは、悔しそうに言った。

「私のほうは、町家から町家の筋を抜けて、増上寺の時鐘のある切通《きりどおし》に誘い込まれました。前後を囲まれましたが、増上寺の境内に逃げ込んでなんとか逃げ果せました」

二人が追跡のしくじりを報告した。

いくら老中の密偵といえども元御庭番筋を尾行することは難しい。なにより相手は多勢、こちらは二人だ。

「新八どのとおしんさんがいくら密偵稼業だとはいえ、公儀の御庭番筋だった陰の者を追跡するのは難しかろうな」

「申し訳ございません」

おしんが詫びた。

「さあて、おそのはどこに連れていかれたか」

「未だおそのさんの骸が見付かっていません。このことは生きておるとの証ではございませんか」

「おそのをあの者たちはなんぞに使うつもりでいるか」

おしんの言葉に小籐次が答えた。

小籐次は、陰の者、御庭番筋同士の暗闘に関わりたくはなかった。ともかくよもぎの娘おそのを救い出すことだけを考えたかった。

「そなたらの主どのの真意はどこにあるのかな。おそのの命を助けるだけのことで動いておるとは思えぬ」

しばし新八とおしんから言葉はなかった。

「殿のお考えというより上様のお気持ちははっきりとしております。追放された四家の者たちの正体を知られぬように抹殺することでございましょう」

と新八が己の推測を述べた。

「それなればただ今の御庭番筋にやらせればよかろう。この者たちは、仲間の二人を惨殺されておるのだ」

新八もおしんも黙っていた。

二人は見届け役かと、小籐次は推察した。となると、

(わしの役目はなんだ)

と思った。

「新八どの、おしんさん、ひょっとしたら追放された四家の元御庭番筋の背後には幕閣のどなたかが控えておるということはないか」

小籐次は思い付きを口にしてみた。上様の意思で追放となった四家が再び幕府の役職に復帰するには、それなりの人物の力が要るのではないか、と小籐次は考えたのだ。

二人は返事をしなかった。小籐次の口にした考えを思案している表情があった。

「となれば、芝新網町で金・銀を逓送することを許されておる飛脚問屋を襲い、七百両の大金を奪った強盗まがいの行動に得心がいく。この大金は、幕閣のどなたかに一部は上納され、一部は江戸での己らの活動のために使われた、とは考えられぬか」

二人は長い沈思のあと、新八が呟く様に言い出した。

「上様が征夷大将軍に就かれたのが天明七年、以来三十八年の長きにわたり家斉様の治世が続いております。恐れながら上様の世が長きに渡れば渡るほど、政《まつりごと》に緩みが生じるのは世の常にございましょう。わが殿もそのことを常々案じておられます。とは申せ、上様に謀反《むほん》を企む者が城中にいるかどうか、殿はそのことに言及されたことはございません」

新八の言葉におしんが大きく顔を縦に振った。そうしなければ、賛意が伝わらないほど闇は深くなっていた。

「政に一介の研ぎ屋が首を突っ込むつもりはさらさらない。わしはよもぎの娘が拐しにあったことだけを考えたい」

「それでよろしいかと存じます」

とおしんが言った。

「おしんさん、わしの前に火付盗賊改まで出てきおって、事をいよいよ厄介にしておらぬか」

「火付盗賊改は瀬戸物町の火事が火付けと分っている以上、顔出しするのは当然でしょう」

と新八が平然と答えた。

小籐次は沈思した。

腹も空いていた。その上、なんとも妙なわだかまりが胸に詰まっていた。

沈黙を破ったのはおしんだった。

「魚河岸から、瀬戸物町の火事場を整理して魚河岸の商いを一日も早く再開したいという嘆願書が町奉行所を始め、あちらこちらの役所に出ているそうです」

「魚河岸ならば、当然一日も早い再開を願っていような。魚河岸は、一日千両と昔から言われるほどの大商いの場だ。魚の水揚げが止まれば、競りもできまい。となれば、上様を始め、裏長屋の面々までも魚なしの暮らしを強いられる。そうではないか」

「とは申せ、追放された御庭番筋の四家のこたびの所業に対して、上様のお怒りは大きい」

新八が言った。

「なにやら孫の手でも届かぬ痒みを堪えているような、いらいらして落ち着かない気分じゃな」

小籐次は、障子戸からいま一度伊勢町堀の向こうの黒々とした火事場の跡を覗いた。

「そなたら、わしに話した以上のことは知らぬのか」

「聞かされておりませぬ、赤目様」

おしんが妙に素早い反応を見せた。

「一つ聞きたい。未だ飛脚問屋熊野屋の地下蔵には、逓送する金・銀の他に熊野屋の持ち金が入っておるのだな、それを未だ取り出してはおらぬ」

「と、聞かされております」

「追放された元御庭番筋の四家、真に熊野屋の地下蔵の金子を狙っておるのであろうか」

と小籐次はふと漏らした。

「あの者たちは金銭とは違う狙いがあって火付けをしたと言われますか」

小籐次の視線の先にある火事場の跡地には、闇に紛れて多くの人の気配がした。

「御庭番筋と思える者たちが配置についておる。あそこへ飛び込んでいくのは命を捨てにいくようなものではないか。金のために火付けを為した者たちは、再び戻ってくると御庭番筋は考えておるのか」

新八とおしんの二人が考え込んだ。

何度めの沈黙であろうか。

「赤目様が洩らされた数々のお疑いを念頭にいま一度調べ直します」

「おしんさん、言うまでもないが娘が生きておると仮定して動かねばならぬ。いつまでも娘をあやつらが生かしておくとは思えぬ。われらに残された時は限られておる」

「いかにもさよう」

と新八が言った。

「なんぞあやつらを誘き出す手があればよいがな」

と言う小籐次には、一つ考えが浮かんでいた。

「われら、いま一度殿になんとかお伺いを立て、たれぞあやつらの背後にご仁がおるのかおらぬのか、確かめたいと思います」

「ご両者に念を押しておく。研ぎ屋風情がこの一件に首を突っ込んだのは、偏《ひとえ》に娘が生きておれば助け出したいと思うて、話に乗ったまでだ。政にも幕閣の争いにも関心はない、そのことを老中どのに伝えてくれぬか」

一瞬間があって、おしんが頷いたのであろう、闇の中の淀んだ空気が動いた。

闇の中での三者の話し合いは終わった。

その場から最初に離れたのはおしんで、間をおいて小籐次が続いた。新八は料理茶屋よもぎのおそのの部屋に独り残った。

時が無意味に流れていく。

小籐次は伊勢町河岸の料理茶屋の裏口から尾行者などがいないことを確かめながら、離れた。

小籐次は読売屋に空蔵を訪ねた。

「おや、こんな刻限に酔いどれ様が姿を見せるとは珍しいな。もはや空蔵をお忘れかと思っていたがな」

師走の宵、空蔵は所在なげにしていた。

「願い事があってきた」

へーえ、と小馬鹿にしたように空蔵が返事をした。

「近頃、おれを避けてやがった酔いどれ様がおれに用とは、当然仕事がらみでしような」

「いや、仕事にはならぬ」

「なにっ、仕事にならぬだって。それでよくもおれの前にしけた面を出せるな」

「そなたもわしの前に現れるときは己の都合ではないか。わしの頼みが聞けぬとあれば、わしはこのまま引き上げよう」

小籐次は踵《きびす》を返す振りをした。

「ちょ、ちょっと待て。酔いどれ様よ、本気と冗談の区別もつかないのか。ともかくだ、話を聞かなければ頼みもなにもあるまい」

慌てて空蔵が引き止めた。

「その前にそなたに言うておく。この話、そなたの商いにはならぬどころか、知ったことを読売に書けばそなたの首が飛ぶ」

空蔵が、ごくりと音を立てて唾を飲み込んだ。

「話を聞こうじゃないか。赤目小籐次がそこまで言う話に得心いけば、商売抜きで知恵を貸す。おれの異名はほら蔵だが、腹を割った間柄との約束事は決して違《たが》えぬ」

「腹を割った間柄とはこのわしのことか」

「他にこの場にだれがいるよ」

空蔵が口を尖らせた。

「恐縮至極よのう」

と応じた小籐次は、

「瀬戸物町の火事だが、なぜ後片付けに入らぬのか訝しく思わぬか。魚河岸の商いが何日も止まっておるのは前代未聞と思わぬか」

と反対に空蔵に質した。

「話はそっちか。となれば、どこの読売屋にもお上から厳しい注意があったゆえ、手も足も出ねえでいるところよ。酔いどれ小籐次の話はそっちに絡んでいたか」

空蔵の問いに頷いた小籐次は、

「いつかそなたに世話になったことがあったな。裏読売の一件でな」

空蔵が小籐次を睨み返した。

「裏読売を使おうって話か、やっぱりやばい話だな。それに金もかかる」

「ただ今金子は持っておらぬ。明日の朝までには十両都合してこよう。裏読売に話をつけてくれぬか」

「十両あれば裏読売はまず動こうな。だがよ、酔いどれ様、なぜおまえさんがそこまでして瀬戸物町の火事に拘《こだわ》る」

「空蔵、あの火事騒ぎで一人の娘が行方を絶ったことは承知だな」

「料理茶屋よもぎのおそのだな」

さすがに江戸でも腕利きの読売屋だ。ちゃんと摑んでいた。

「その娘の一件も読売で触れてはならぬとお上から停止《ちょうじ》が入った」

「だから、そなたが書けばそなたは読売屋として立ちゆくまい」

「酔いどれ様は、よもぎの家族に頼まれたか」

「いや、よもぎの家族が身を寄せている親戚筋の大黒屋にな、密かに頼まれた」

と小籐次は虚言を弄した。

「裏読売に書くのはおそのという娘のことか」

「違う。ある者たちにわしの意を伝えたい。よいか、わしが言うのは一度きりだ。そいつを間違えなく裏読売にしてくれ」

「裏読売の連中は金の顔をみないと動かないぜ」

「明朝までに必ず届ける」

「よし、話を聞こう」

と空蔵が商売人の険しい顔を見せた。

二

この夜の四つ前、須崎村弘福寺を四つの影が密かに出た。いや、その四つにはクロスケが従っていたから、四人と一匹の影だった。

駿太郎、一郎太、代五郎に智永とクロスケが向った先は望外川荘だった。智永は本堂に残った数少ない古太鼓と枹《ばち》を背中に負っていた。

師走も二十日過ぎだ。

夜が長い時節だった。

この日は雲が厚く覆い、真っ暗闇だった。

望外川荘を知り尽くした者でないと歩けない。

四人が向った先は、望外川荘の船着場だ。

駿太郎らは、小舟を船着場に引っ張り上げ、それを頭上に載せて望外川荘に出る竹林に向った。駿太郎は竹棹を携えていた。

なんとも奇妙な一団は竹林を抜けると望外川荘の泉水の縁に出た。泉水の一角に茶室の不酔庵《ふすいあん》が半分ほど水の上に突き出して見えた。

四人がそっと小舟を水辺に下ろした。

望外川荘の庭の泉水は、湧水池の水を取り込んでいた。その中ほどに築山のある小島が設けられていた。

駿太郎は棹を握り、艫に乗った。まずクロスケが続き、太鼓を背負った智永たち三人が乗り込んだ。

沈黙のうちに小舟は滑るように小島に寄せられた。一本小松が水辺に枝を差し掛けているので小松島と呼ばれていた。

小舟は小松島に溶け込むように舫われた。

「あとは待つだけだな」

智永が小声で言った。寺から持ち出した年代物の太鼓を自分の膝の間においていた。

「智永さん、お喋りはなしです。相手は父上が恐れるほどの一統です。直ぐに気付かれます。よいですね」

駿太郎が忍び声で言い、四人と一匹の犬は無言の行に入った。だが、四半刻もしないうちに、

「ああ、さむ」

と智永が呟き、慌てて口を閉ざした。

四人は、綿入れの上に稽古着まで重ね着していた。それでも大寒過ぎの晩冬だ、夜は時が進むにつれて寒さが増した。

智永は両腕を胸の前で交差させて体を震わせていたが、我慢ができなくなったか、太鼓を背に廻し、丸まって両眼を閉ざしたクロスケを、がばっ、と抱き付いて引き寄せた。クロスケの体の温もりで自らを温めようという魂胆だった。

ううう
と唸ったクロスケは、それでも吠え声を上げることなく耐えた。

一郎太も代五郎も寒さに体を震わせていた。

駿太郎は、明日からなんぞ工夫しなければ、と思った。

そのとき、駿太郎は、望外川荘の敷地の中に人の気配を感じた。そのことを三人に伝えることなく、駿太郎は胸に秘めていた。

クロスケも感じ取ったか、体をもぞもぞさせたが、智永に抱き付かれているので、声は上げなかった。


長い夜だった。

ようやく川向こうから明け六つの鐘が響いてきた、だが、暗く寒い夜は続いていた。

いつの間にか人の気配が消えていた。

「今夜はもう来ないでしょう、暗い内に小舟を船着場に戻しましょう」

駿太郎の言葉に三人が安堵の吐息を漏らした。それにしてもあの人の気配はなんだ、と駿太郎は思った。

父が言った尋常ではない者たちが望外川荘を探りにきたのか、それにしては尖った殺気は一切感じられなかった。ただひっそりとした人の気配を感じただけだ。

何者か、駿太郎には判断がつかなかった。

「よし、朝風呂に入って寝るぞ」

と智永が震え声で言った。

「稽古はどうするのです、智永さん」

「えっ、駿ちゃん、徹夜明けで稽古をするのか」

「徹夜したのは私どもの勝手です。稽古はします」

「おりゃ、よした。怪我をしてもいけねえもんな」

駿太郎は、もはやなにも言わなかった。

小舟を船着場に戻し、本堂道場に行った。

智永は自分の部屋に戻った。

創玄一郎太と田淵代五郎は年下の駿太郎が稽古をするというのに、武士の二人が怠けるわけにはいかなかった。

本堂は朝の勤行《ごんぎょう》は終わったのか未だなのか、仏事より剣術の稽古場として主に使われていた。

三人は、いつものように合掌して本堂を借り受けることを仏様にお断わりした。その上で体を動かし、寒夜に強張った筋肉をほぐした。

それぞれの体調に合わせ、三人は素振りから稽古を始めた。すると智永が姿を見せて黙したまま稽古に加わった。

父親に叱られたのだろう。

いつもより短く一刻余りの稽古を終えた四人が庫裡《くり》に行くと、朝餉の仕度が出来ていた。

「皆さん方、昨晩どこに行っていたの」

お梅がだれともなしに聞いた。お梅が察しているということはおりょうも駿太郎らの行動を承知だろう。

母に尋ねられたら正直に答えるしかないと、駿太郎は覚悟した。

「お梅ちゃん、男同士のかたい誓いをした秘密なんだぞ。女子のお梅ちゃんに話せるものか」

智永がお梅に答えた。

「へえー」

と返事をしたお梅が温め直した豆腐とねぎの味噌汁をそれぞれ四人に配り、最後に智永にお椀を置くと、

「男同士の、かたい誓いをした秘密ね。一人だけ稽古を休もうとして和尚さんに叱られていたのはだれだっけ」

「えっ、聞いていたのか」

お梅の反撃に智永が愕然と肩を落とした。だが、空腹に耐えられないのか、体裁の悪い状態を隠すためか、音を立てて味噌汁を啜った。

「和尚さんは読経で鳴らした声よ、台所にいても聞こえるわ」

「なんたって寒くてな」

椀から口を離し、言い訳した。

「だから寒いってどこにいたのよ」

「泉水の」

と言い始めた智永の膝を代五郎が、ぽーんと叩いて、

「男同士のかたい誓いの秘密ではないのか」

と注意した。

そこへおりょうが姿を見せて、

「ご苦労でしたね」

と駿太郎らを労った。

「やはり母上もわれらのことをご存じでしたか」

「母は千里眼ですよ」

駿太郎におりょうが応じた。

「あっ」

駿太郎がなにかを気付いたか、声を上げた。

「もしや、父上が戻ってみえたのではございませんか」

駿太郎の問いにおりょうが笑みの顔で頷いた。

「大師匠が戻っていたのか。だったらさ、なんでおれたちの見張りに加わらないんだよ」

智永が文句を言った。

智永の剣術の師匠は駿太郎だ。小籐次とは師弟の約定《やくじょう》をしたわけではないが、駿太郎の父親は駿太郎の剣術指南というわけで、一応智永は孫弟子にあたった。小籐次を大師匠と呼ぶ理由だった。

「駿太郎と皆さんに『くれぐれも気を抜くでない。あやつらは尋常の者ではない一統でな。一切手出し無用、そなたらが考えたように太鼓などを叩き騒いで追い返せ』、と言い残されて、また出かけられました」

「天下の酔いどれ小籐次様がそれほど怖れられるのは何者だ」

一郎太が独白し、おりょうが、

「それ以上のことは私にも申されませんでした。『一人の娘の命が掛かっておる話だ、そなたらの望外川荘の見張りは悪くない考えだ。ともあれ一人になるではない、四人いっしょに行動し、望外川荘を守れ。その行動が娘を救うかもしれぬと信じよ』と最後に言われました」

「一人の娘の命か」

と智永が首を捻っていたが、

「川向こうでな、世間を騒がした割りに妙に静かなのは瀬戸物町の火事だぜ。あの火事場、後片付けをしてはならぬそうだな」

と言い出した。智永はどこから仕入れてくるのか、このような騒ぎには妙に詳しかった。

(父上は火事騒ぎに関わっておられたな)

徹夜明けで稽古をし、朝餉を食して、お腹がいっぱいになって満足し、ぼーっとした頭で駿太郎は考えた。

「そういえば、娘が一人瀬戸物町の火事の最中に行方知れずになったと巷に噂が流れなかったか」

代五郎が言い出した。

「おお、それだよ。大師匠が関わっているのはよ」

智永が言い切った。

駿太郎は、ふと父とおしんの二人を瀬戸物町の火事場に小舟で運んでいったことを思い出していた。その上おしんから小判と思える包みを預かり、母に渡したのだ。

あの金子は父がおしんからなにかを頼まれた労賃ではないかと漠然と思い、智永の指摘はあたっているかもしれないと駿太郎は考えた。

だが、おしんと父を瀬戸物町まで小舟で送ったことは、この場では口にはしなかった。

「大師匠がおれたちの行動を承知ならばよ、今晩から庭にがんがん焚火をしてよ、奴らが現れるのを待たないか。そしたら、寒くはないぜ。おれ、凍え死にするかと思ったもの」

朝餉を食して元気を取り戻した智永が言った。

「クロスケを独り占めして抱いて暖をとっていたのはだれだ」

代五郎が言い、お梅が「呆れた」と呟いて智永を睨んだ。

「それではなにもなりません。やはり密やかに見張りを続けましょう。それでよいですね、母上」

駿太郎が頷い、おりょうが頷いた。

駿太郎から渡された袱紗には包金二つが入っていた。

五十両もの大金が老中青山忠裕から赤目小籐次の女房おりょうに渡されたということは、格別な御用だとおりょうは思った。そして、小籐次が再三注意したように相手は、「尋常の者ではない一統」なのだ。その連中と小籐次は対立する羽目になったのだ。その代償が五十両というわけだ。

昨夜遅く弘福寺に戻って来た小籐次は、おしんを通じて渡された包金二つのうち一つを取り、

「残りはこちらの費《つい》えとせよ」

と言った。

「おまえ様、この騒ぎ、この金子ほどに危険なことでございますか」

おりょうの問いに小籐次は黙って頷いた。

「いつまでおまえ様の御用は続くのでしょう」

「相手が相手、出来ることならば、わしも近付きとうはない連中よ。だが、料理茶屋の娘が相手方の手の内にあり、命の危険に晒されているようだと思われる以上、知らぬ振りもできまい」

しばし沈黙していたおりょうが、

「それでこそ酔いどれ小籐次の真骨頂です、私が惚れた殿方です」

と呟き、小籐次を鼓舞した。

小籐次はおりょうの傍らで二刻ほど熟睡し、駿太郎らが戻る前に再び姿を消したのだ。

おりょうが小籐次の疲れた顔を思い出し、

「駿太郎、父上からの言付けが他にもあります」

と朝餉の箸をおいて合掌した駿太郎に言った。

「なんでしょうか」

「小舟を借り受けると申されました」

「えっ、おれたち、今晩はどこで見張るんだ」

と口を挟んだのは智永だった。

駿太郎がおりょうを見た。

「不酔庵を見張り場所となされと言い残されました」

「しめた。茶室なら火が使えるし屋根もある。いっそ夜具を持ち込んで寝ながら見張るか」

智永の言葉はその場の全員から無視された。

駿太郎らは弘福寺の庫裡でそれぞれ仮眠をとった。クロスケも寺の台所の土間の一隅に荒筵を敷かれた上で丸まって眠り込んだ。

須崎村ではいつもとは違う日が過ぎようとしていた。


須崎村を小舟で出た小籐次は、読売屋の空蔵に約定の十両を届けて、裏読売に渡すように願った。

その折、空蔵が、

「あいつらは仕事が手早い。今日の昼過ぎには江戸の然るべきところに撒かれ、場所によっては高札場に貼り出されるぜ」

と請け合った。その上で小籐次の顔を見て、

「あの文面で変わりはなしだな」

「ああ、よい」

「酔いどれ様よ、おれとおまえさんの間柄だ。おれにさ、謎めいた文面を絵解きしてくれないか」

「出来ぬ相談だ」

「冷たくないか。おれはただの使い走りか」

空蔵が口を尖らせて文句を言った。

「こたびの一件、わしも出来ることなれば関わりたくはない。だが、娘の命が掛かっておると聞いたで、余計なことを研ぎ屋の爺がなしておる。この背景をそなたが知っていることを相手が悟れば、そなたの命は即刻なくなる。冗談ではない、本気だ」

空蔵は小籐次の険しい顔に、

「御鑓拝借騒動以来の数多の修羅場を潜った酔いどれ様がよ、それほど恐れる相手とは何者かね」

小籐次は応じなかった。

「あのさ、酔いどれ様よ、もしもの場合だよ。この騒ぎが鎮まった折に娘が無事に戻ったときの話だよ。その折は、おれに読売に書かせてくれないか。酔いどれ小籐次が息災でさ、研ぎ仕事に戻ったとしよう。ならば無事に事が終わったんだ。だれだか知らないが、もはや危ない連中も動くまい」

空蔵が小籐次に食い下がった。空蔵も江戸で知られた読売屋だ、一筋縄ではいかなかった、粘りに粘った。

「裏読売の連中につなぎだけしておれの出番はなしか」

しばし考えた末に小籐次は、

「わしにもどういうかたちで娘を取り戻せるか分らぬ。だが、そなたの手の十両が娘の命を救うかもしれぬ。ともかく娘が無事に戻った折は、なにかそなたの仕事になることを考えようではないか」

「約定だぞ」

と空蔵が念押しした。

「そなた、これから出かけるな」

「ああ」

「よいか、人の往来の多い通りを行くのだ」

「裏読売屋なんて表通りに看板を掲げている商いじゃないや、無理をいうな」

「ともかく注意せよ。なんぞあれば手近の番屋でもお店でも人目のあるところに飛び込め」

小籐次の再三の注意に空蔵が険しい顔で頷いた。

「もう一つ頼みがある」

「なんだよ」

「そなたが戻るまでこの家でわしを休ませてくれぬか」

うむ、と言った空蔵が、

「そうか、相手をするのはただの火付け強盗ではないのか。酔いどれ様も歳だ、無理が利かないよな。奥の間なんて洒落た座敷はねえがよ、読売屋に朝も晩もねえや、夜具だけは部屋の隅に積んである。好きなように寝な、おまえさんの仕事も体が元手だもんな」

と許してくれた。

小籐次は読売屋の空蔵のところで仮眠をとり、昼下がりに八辻原《やつじがはら》に面した老中青山下野守《しもつけのかみ》忠裕の江戸藩邸を訪ねた。

三

おしんを呼び出すと、おしんも新八もいなかった。

だが、門番が小籐次の顔を承知で玄関脇の長屋で待つのを許してくれた。赤目小籐次が訪ねてきた折の応対をおしんらが門番に命じての結果であろうと、小籐次は考えた。

老中の下城は八つ（午後二時）下がりが決まりだ。老中の公邸は西の丸下だ。だが、本日は格別だった。

老中一行が戻って来たのは、いつもより遅く七つ（午後四時）過ぎだった。

その直後、おしんが小籐次の待つ長屋に姿を見せた。

「殿がお目にかかるそうです」

おしんが険しい顔で言った。

険しい顔は、小籐次がおしんらの仲介を経ることなく主の青山忠裕との面会を求めたからであろう。

「おしんどの、そなたらをないがしろにしたわけではない。いささかお尋ねしたい仕儀があってな、お伺い致した。こちらも命を賭けての御用だ。知っておくべきことだけは承知しておきたい」

おしんが険しい顔のままに頷いてまた姿を消し、四半刻ほどあとにようやく奥座敷に通された。

青山忠裕は継裃《つぎかみしも》姿で小籐次の前に姿を見せた。

小籐次は平伏して不躾《ぶしつけ》な訪《おとな》いを詫びた。

「面《おもて》を上げよ」

「はっ」

上げた小籐次の顔の前に紙片が突き出された。

裏読売と、小籐次は気が付いた。

当然、この裏読売、城中を騒がせたことを予測するのは容易だった。下城が遅かったのはこの一件があったからか。

「赤目、この裏読売を画策したのはそのほうか」

「存じませぬ」

と小籐次は否定した。

しばし青山忠裕は小籐次の顔を睨み付けたままだった。

老中の一睨みだ。おおかたの者は顔色を失う。だが、小籐次は平然としていた。

むろん裏読売を企てたのは、小籐次だ。

銭もとらずに江戸の然るべき場所に撒かれる裏読売を出すには大金がかかる。

事実、小籐次は十両もの金子を、空蔵を通じて裏読売屋に渡していた。そして、その金子の出所を辿れば老中青山忠裕に行きつく。小籐次が肯定すれば、青山忠裕も一蓮托生となることも考えられた。小籐次は知らぬ存ぜぬを通すしかない。ゆえに面会の場所も老中公邸ではなく丹波篠山藩邸にしたのだ。

ふうっ

と老中が疲れたという表情で息を吐いて、話柄を変えた。

「明朝より魚河岸の片付けを行い、再開致す」

「それはようございましたな」

小籐次はただこう返答した。

「赤目、用はなんだ」

「火事の火元熊野屋太兵衛とは、何者でございますな」

小籐次は胸の中でくすぶっていた疑問をずばりと質した。

「金・銀の逓送もする町飛脚問屋であろうが」

老中青山は予測された返答を淡々となした。

「それは表の貌《かお》ではございませんので」

小籐次は重ねて問うた。

「町飛脚問屋には裏の貌があると申すか」

しばし小籐次は老中の視線を受けて見返した。かようなことを尋ねることは赤目小籐次とて許さぬという表情が青山下野守忠裕の顔にあった。

「忘れよ、赤目」

「火元の熊野屋太兵衛一家と奉公人は火事のあと、いずこにか姿を暗ましました。火元は熊野屋であったことは明白な事実、それが行方を暗まし、町奉行所さえ追及出来ない。なんとも手際がよき早業、いえ荒業でございますな。なぜ熊野屋は表に姿を見せませぬ」

小籐次の言葉に青山忠裕は答えない。

「ご老中、あの火事は火付けであったことはもはや世間の知るところです。また、あの場で御台様用人支配、別名御庭番の小十人格菅野継次郎、その配下の与謝口彦平が両眼を潰され、喉を斬られて殺された上に放置されておったそうな。かようなことはご老中に一々説明の要なきことかと存じます」

小籐次の説明に青山忠裕はなにも応じなかった。

「さような火元の現場から熊野屋一家と奉公人が忽然と姿を消した。むろん町奉行所でも火付盗賊改でも関わってはいない。いえ、公かどうか存じませぬが幕閣と思える強い力がかかり、探索の中止を求められておる」

「……………」

「小十人格庭番とその配下の二人はなぜ熊野屋の火事場で殺されて見つかったか、このこともまた触れてはならぬのか」

小籐次の独白に老中は無言のままだ。

「若年寄支配下の者の中に追放になった元御庭番四家の者たちがおり、復職を求めて画策しておられるそうな。

その者たちが御庭番筋の菅野、与謝口の二人を始末したとの風聞をそれがし耳に致しました。紀州から吉宗様の代に連れてこられた薬込役、馬口之者、ただ今の御庭番家筋の内紛に、それがし、関心ございませぬ。ただただ、火事騒ぎの中で行方知れずになった娘の生死を突き止めたいと思い、ご老中からの申し出を承諾致しました」

「赤目、さような話は予の口から出た話じゃ、一々説明には及ばぬ」

「失礼を致しましたな。じゃが、ご老中、娘の行方を探すには、熊野屋の正体を知らねばなんとも立ち行きませぬ」

「仔細あってのことか」

「料理茶屋よもぎの娘おそのの生死をご老中はお気遣いでございます。されど、老舗の飛脚問屋の熊野屋の一家と奉公人の行方は、全く気になさる様子はございませんな。この赤目小籐次の他に何者かに探索を願っておられますかな」

ふうっ

と老中の口から疲れた溜息が漏れた。

長く重苦しい沈黙が続いた。

小籐次は、拷問のような沈黙に耐えた。

「赤目小籐次、この騒ぎの決着、どうつける気か」

青山忠裕は未だ手にしていた裏読売を小籐次に突き出した。

裏読売は瀬戸物町の火事騒ぎに長々と触れてあった。巷間《こうかん》に飛び交う噂程度の読み物だ。

その中には火事の最中に十四歳の一人の娘が行方知れずになったことも触れてあった。さらにはなぜ火事場の後片付けに手が付けられないのか、魚河岸がどのような理由で再開できないのか、世間の人びとの気持ちを代弁するように触れてあった。むろんこの裏読売にも熊野屋一家の行方不明は書かれていなかった。

さような文面のあとに、短い一節があった。なんとも謎めいた四行だった。

「陰の衆に申し伝える
探し物交換に
致したく候

厩番」

「それもご老中のお気持ち次第にございましょう」

青山忠裕はそれでも小籐次の問いに答えようとはしなかった。

屋敷じゅうが森閑としていた。遠くから二人の話し合いを険しい眼が注視していた。

不意に青山が言い出した。

「追放された庭番四家には曰くがあってのことだ、復職など有りえぬ。この者たちは昔仲間に始末させよとの上様直々の命である」

「四家の面々もそう易々と願いが通るとは思うておりますまい。陰の者の始末は陰の者に任す、上様のご判断至極ごもっとも」

小籐次が応じて、いったん言葉を切り、

「本正月に芝新網町の飛脚問屋が火付け押込みに遭い、大金七百両を盗まれたそうな」

と話を転じた。

青山がまた口を噤《つぐ》んだが、しぶしぶ言い出した。

「こたびの瀬戸物町の火付け一味と同じ面々、追放された庭番四家の仕業との報告が予の許に上がっておる」

「ご老中、復職を目指す元庭番四家は、真に庭番への返り咲きを願うておるのでございましょうか」

「どういうことか」

「庭番衆は上様直々の命で動く陰の者、とはいえその身分は高くはございますまい。この追放された四家の背後にどなたか控えておられますか」

青山忠裕の眼差しが、きいっ、と険しくなった。

「赤目小籐次、差し出がましいぞ」

と声を張り上げた。

苛立ちを見せた青山忠裕は、小籐次の問いに返答したも同然だった。

「それがし、この場にあること自体差し出がましいと心得ております。なれど、なにも知らされず瀬戸物町の火事騒ぎに行方を絶った娘を探せ、そのこと以外首を突っ込むな、では探索になりますまい」

背後の者に手を出すなと青山の険しい眼は小籐次に警告していた。

長い睨み合いになった。

主の命であろう。

二人の話し合いの場近くには一人も潜んでいる気配はなかった。ただ遠くから固唾《かたず》を呑んで見守っていた。

「芝新網町の飛脚問屋の金を狙ったには、隠された意味があったとは考えられませぬか。この爺が知らぬなにかを芝新網町の火事場に残してあった。陰の者の昔仲間に何事か告げ知らせるために起こした火付け押込みであったと考えたらいかがにございましょうな。さすればこたびの瀬戸物町の飛脚問屋熊野屋太兵衛方の火付け押込みは、ただ今の御庭番衆には、当然予測されたのではありませぬか」

小籐次の問いに青山は答えない。

「ゆえに小十人格庭番菅野どのと与謝口どのが瀬戸物町の飛脚問屋を見張っていた。じゃが、その裏を掻いて追放された陰の面々が昔仲間を惨殺した。いや、始末するならば、喉を斬っただけで事は済む。にも拘わらず両眼まで潰した。なぜもかように残虐非道をなしたか。そして火を付けられた飛脚問屋の熊野屋は、一体どこへどう掻き消えたか」

小籐次は話をいったん止めた。

「ご老中、赤目小籐次の役目はなんでございますな」

何度目であろう。

青山忠裕が喉の奥から絞り出すような息を吐いた。

「上様の命は追放された四家の面々一人残らず始末することであった」

最前と同じ言葉を青山忠裕は繰り返した。

「ただ今の御庭番衆の手練《てだ》れがその役目を果たされましょう」

「だが、しくじった場合は」

「この爺侍の出番と申されますか」

「それではそなたがうんと言わぬことは承知だ。火事騒ぎの中で行方を絶った娘を助け出すようにして、この役に引き込んだ。小細工は許せ、赤目小籐次」

「天下のご老中に詫びられたところで、痛くも痒くもござらぬ。こたびの騒ぎの鍵は飛脚問屋熊野屋と見ましたがいかが」

小籐次は最前の問いに戻した。

青山忠裕は、この宵一番長い思案に落ちた。その表情には逡巡《しゅんじゅん》と思案があった。

そして、口を開いた。

「赤目小籐次、そなたは武士が武士たる生き方を忘れたこの時世に一人だけで、武士の矜持《きょうじ》と誇りをわれらに教えてくれた。

四家の大名を相手に孤軍奮闘して久留島通嘉どのの恥辱を雪いだ御鑓拝借がその先駆けであった。その後の数多の所業はそなたが真の武勇の士であることを教えておる。そこを見込んで話を致す。このこと、上様の他、こたびのことを格別に命じられた予しか与り知らぬことだ。赤目小籐次、死の時まで胸に秘めてくれぬか。漏れればわれら二人の死を以てしても償いきれぬ」

青山忠裕は真実を語ろうとしていた。

「ご老中、赤目小籐次をさほどに信頼できませぬか」

「予と篠山藩家臣五百数十人と領民五万数千人の命運がかかっておるでな、そう易々と口にできるものではない。約定せねば話せぬ」

小籐次は返答次第ではこの屋敷を生きて出られぬことを覚悟した。

「承知仕りました」

潔い小籐次の返答に青山忠裕が一つ首肯し、

「代々の飛脚問屋熊野屋太兵衛は、城中におる御庭番と同じ役目を負わされた一族であった。こたびの騒ぎで熊野屋が瀬戸物町に戻ってくることはあるまい。追放された庭番四家の狙いは最初から熊野屋にあった、と上様も予も承知しておる」

「金子などではございませぬか」

小籐次は念押しした。

忠裕が小籐次の念押しに頷いた。

老中と浪人者がかように話し合うことなど有り得ない。だが、事は切迫していると思えた。

「上様の直筆の書状には公になってはならぬものもある。さような書状は、一人の庭番頭の手を経て熊野屋に持ち込まれる。また上様の命で他国に出た陰の者の報告も熊野屋にもたらされる。熊野屋では歴代の上様の書状の写しを、地下蔵に所蔵しておるそうな、予も初めて知らされたことだ。おそらく追放された四家衆の狙いは、歴代の上様の写しを奪うことにあったのではないかと、上様は推測されておられる」

「ご老中、最前、熊野屋が隠れ御庭番であったことは、家斉様とご老中のみ知ることと申されませんでしたか」

「どこぞから漏れたのだ」

青山忠裕が呻いた。

小籐次は、青山が『熊野屋が瀬戸物町に戻ってくることはあるまい』と言ったのはそういうことかと思った。

飛脚問屋の正体が漏れたのだ。それには熊野屋の奉公人が関わっているのではないか。それ以上は、小籐次の与り知らぬことだった。

「火付け押込みの面々が狙う書状あるいは文書は決まっておるのではございませぬか。奴らとて漫然と熊野屋へ火付けした上に押し込むとは思えません」

忠裕はしばし沈黙し、赤くなった目頭を指先で揉んだ。

「享保年間、元紀州藩薬込役と馬口之者十七家に吉宗様は、それぞれ惣領を跡継ぎとする庭番安堵状を下された。元御庭番の者たちが狙ったのは己らの家の安堵状と推量される」

この一事のために元御庭番衆もただ今の御庭番衆も動いているのだ。

「それで合点が行きました」

と小籐次は呟いた。

「ご老中、こたびの火事にて熊野屋の地下の文書蔵に火が入りましたか」

「少々の火事では火が入らぬようになっておる。熊野屋の当代は火付けと聞かされたとき、そして、火が熊野屋全体に及ぶと判断したとき、熊野屋太兵衛自ら地下の文書蔵に入り、用意していた油樽の油を撒いて火をつけた。ゆえに歴代の上様方の書状文書は太兵衛と一緒にこの世から消え失せた」

と答えた青山忠裕が、

「赤目、そのほう熊野屋の地下の文書蔵の秘密を知らずして、かような裏読売を企てたか」

忠裕は未だ手にしていた裏読売を突き出して、改めて小籐次に問い糺した。

小籐次の返答にはしばし間があった。

「ご老中、それがし、裏読売など関わりなしと申しましたぞ」

「当寸法《あてずっぽう》と申すか」

それでも忠裕は追及した。

裏読売が企てられた推測を申し上げます、と小籐次は前置きした。

「話せ」

「昔仲間の眼が光るはずの熊野屋に押し入ろうと火付け押込みの面々が強行したには、熊野屋の秘密を承知して地下蔵に狙いを定めた者がおるのではございませんか」

小籐次の言葉に忠裕が今宵幾たびめかの溜息を洩らした。

「だれが企てたか知らぬが、かような裏読売であの者たちを刺激した。あやつらが娘を連れくるのをそなたの須崎村の望外川荘に仕向けたか」

「あの者たちと瀬戸物町で初めて出会ったとき、それがし、騒ぎを避けるために名乗りましたゆえ、面々はわが住まいを承知です」

「赤目、家族をも危険に晒す気か」

「人の命を救うにはわが命を捨てる覚悟が要りまする」

「あっぱれなる覚悟よのう」

忠裕の言葉は皮肉に小籐次の耳に響いた。

裏読売で元庭番の火付け押込みを勝手に刺激したことに拘っていた。

「それを強いられたのはご老中」

青山忠裕の顔の表情が最前とは違い、和んだ。

「赤目小籐次、餌は本物でなければなるまい」

忠裕が継裃の襟に隠した書付を出して小籐次に渡した。

「むろん吉宗様が与えた真筆の安堵状ではない。予が苦心して細工した偽の安堵状だ」

青山忠裕は小籐次の役目をあれこれと考えた上で偽の安堵状まで用意したことになる。

老中になる人物は一筋縄ではいかぬ、と小籐次は思った。ついでながら老中数多ある中で三十一年余の長きにわたってその職を全うしたのは青山忠裕だけだ。並みの老中ではない。

「こたびの騒ぎを起こした面々一人として生かしておいてはならぬ」

その忠裕が言い、

「ただしその始末を為すのは、吉宗様が紀州から連れてきた薬込役、馬口之者改め御庭番と呼ばれる陰の者たちの務めでございます」

と小籐次が応じた。

「武士が武士たる覚悟を忘れたように陰の者も戦国の世の猛々しい力と技を持ってはおらぬわ。陰の者らが手に余るときは」

と言葉の先を飲み込んだ忠裕に、阿吽《あうん》の呼吸で小籐次が頷き、長い話し合いが終わった。

四

師走も残り少なくなっていた。

雪が今にも鈍色《にびいろ》の雲から舞い落ちてきそうな寒さの日だった。

芝口橋を往来する人々も身を縮め、前かがみで早足に歩いていた。

その寒さの中、一段と慌ただしさを増した芝口橋の紙問屋久慈屋に小籐次が研ぎ場を久しぶりに設けて、せっせせっせと仕事に精を出していた。

昼前の刻限、難波橋の秀次親分が姿を見せた。そして、研ぎ場の前にしゃがみ小籐次に顔を寄せて、

「おや、赤目様、この節に急ぎ働きですか」

と訝しげに尋ねた。

「親分か、貧乏人の節句働きよ。このところ雑事にかまけておってな、すっかり師走も残り少ないことを、つまりは正月が近いことを卒然と悟った。慌てて久慈屋どのに願い、賃仕事を頂戴したところだ」

「そう聞いておきますか」

「おや、親分、なんぞ含みのある言葉じゃな」

小籐次は研ぎをかけている道具を手に応じた。

「赤目様、いったいぜんたい瀬戸物町の火付け騒ぎはどうなったんです。料理茶屋の娘のおそのは未だ行方知れずですぜ」

「それを探すのは親分方の務めであろうが」

「お上から探索を禁じられたのはご存じですよね」

「魚河岸も商いを再開してよいというお許しが出たと聞いたがな、ならば親分方も娘の探索に動いてもよかろうではないか」

「事が起こった最初が肝心ですぜ。火付け騒ぎのあと数日、探索を止められた。もはや娘がどこでどうなったか、さっぱり摑めませんのさ」

と嘆いた秀次が、

「わっしは赤目様がこの一件に関わっておられると睨んでいたんですがね」

と小籐次の顔を覗き込み、

「だれがそのようなことを。なぜわしが関わらねばならぬ」

と小籐次が否定した。

「町奉行所を眼の敵にする輩《やから》がおることを赤目様もご承知ですよね」

話の矛先が変わった。

「うむ、何者か」

「火付盗賊改でございますよ」

「火付盗賊改と付き合いがあるのか、親分」

小籐次が尋ね返した。

「ご冗談を。町奉行所と火付盗賊改とは犬猿の仲ですよ」

手を顔の前でひらひら振った秀次が、

「あちらにもわっしらのような手先がおりましてね、その中の一人が『うちの旦那が赤目小籐次が増長して目に余ると言った』とか言わないとか。なんぞ関わりがございませんかえ」

「だれであろうな」

小籐次は、瀬戸物町の火事場で会った火付盗賊改の与力・同心の、だれであれなんぞあれば貶《おとし》めようという悪相を思い出していた。

名は与力が小菅文之丞、同心は琴瀬権八と覚えていた。

だが、会った場所が場所だ、知らぬと秀次に応じるしかない。

「わっしに耳打ちしてくれたのは、琴瀬権八という同心の手先ですがね」

「覚えがないな」

小籐次はとぼけるしかなかった。

「さようですか。近藤の旦那方と違って火付盗賊改の連中は、しつこうございますからね。注意なさって下せえよ」

秀次が忠告した。

「研ぎ屋の爺に注意せよと申されてもな。どうすればよいのだ、親分」

「赤目様、真に火事の一件に関わりございませんな」

秀次は小籐次の返答を信じたわけではないらしい。念を押した。

「ない」

即答する小籐次に秀次はしばらく黙り込んでいたが、

「関わりがあると睨んだんだがね」

と同じ言葉を繰り返して、溜息を吐いた。

「親分、わしがなぜ関わらねばならぬ」

秀次が、まあ、そう聞いておきますか、と言い残して小籐次の前から立ち上がった。

仕事に戻ろうとした小籐次の眼前に音もなく空から白いものが落ちて来た。小籐次は目の端でその気配を察した。すると、小籐次の傍らに手あぶりが置かれた。

「これは恐縮」

と顔を上げると手代の国三が、

「大番頭さんのお指図です」

と答えた。

「ならば、昼餉の折に礼を申し上げよう」

と国三に言い、途中の研ぎ仕事に戻った。するとその刃物の研ぎが終わらぬうちに、また人影が立った。

「手あぶりなんぞをおいてさ、さすがに天下の赤目小籐次様だ、並みの研ぎ屋とは違うな」

皮肉混じりの声は読売屋の空蔵だ。

「大番頭さんの厚意じゃ、いささか傲慢《ごうまん》なる所業かのう」

「まあ、歳も歳だ、致し方あるめえな」

と応じた空蔵が、がばっ、という感じで小籐次の前にしゃがみ込み、

「なんぞ読売のネタはないか」

と催促した。

「わしはそなたの手先ではないぞ。ネタなんぞ拾い歩いてはおらぬ」

ちえっ、と舌打ちをした空蔵が声を潜め、

「ちゃんとやってやったろうが」

と言った。

裏読売の一件だ。

こちらは手配を頼んだだけに難波橋の秀次親分と違って、簡単にとぼけるわけにはいかなかった。あの文面から空蔵がなにか異変の予感を感じ取っているのは確かだった。

「探し物とは娘のことだな」

小声で空蔵が小籐次に質した。

「なんの話だ。わけの分らぬことを言うようでは、読売屋は務まるまい」

小籐次の険しい顔を見た空蔵が首を竦めた。

「そなたが赤目小籐次と付き合いを続ける存念ならば、道理を弁《わきま》えよ。でなければ向後一切付き合いは致さぬぞ」

しばし考えた空蔵が、

「わ、分った。急《せ》かしたおれが悪かった」

と言い残すとそそくさと立ち去った。

小籐次はしばらく空蔵を見送るともなく見て、橋の往来に視線を向け直した。

雪は霏々《ひひ》として降り続けていた。

どこからともなく小籐次を見詰める、

「眼」

を感じた。だが、気付かぬ振りをして研ぎ仕事に戻った。

昼餉の刻限、小籐次はいつものように久慈屋の奉公人が食し終えたあと、大番頭の観右衛門といっしょに摂ることになった。

「手あぶり、有難うござった。いや、大いに助かった」

「春も直ぐそこだというのに、本日は底冷えが致しますでな、若旦那のご注意を受けて差し出がましいことを致しました」

観右衛門は若旦那の浩介の気遣いだと言った。

「なんにしても有難いことです」

「いつもの顔ぶれですが千客万来ですな」

秀次親分と空蔵の用件を遠まわしに聞いた。

「いや、わしには覚えがないが親分は、火付盗賊改がこちらのことを気にしているから気をつけよとの注意であった」

「えっ、火付盗賊改ですか。厄介な連中に赤目様も目をつけられましたな。なぜでございましょう」

「こちらには覚えがござらぬ」

と小籐次は答え、

「もう一方は、相も変わらず読売のネタはないかとの催促でした」

と苦笑いした。

昼餉は白身魚や野菜など具だくさんの煮込みうどんであった。白身魚を箸先で摘《つま》んだ観右衛門が、

「魚河岸が再開してようございました」

と小籐次の顔を見て、

「近くが火事とはいえ何日も魚河岸が商い停止になるのは異例なことでございますよ」

と話をそちらに振った。

「で、あろうな」

観右衛門もまた火付けが原因の瀬戸物町の火事騒ぎに小籐次が関わりあると睨んでいる目付きだった。

「大番頭どのは、熊野屋太兵衛なる飛脚問屋をご存じか」

と小籐次のほうから話を向けた。

「瀬戸物町の火付けされた飛脚問屋ですな」

「いかにもさようだ」

「熊野屋さんも師走にえらい災難でした。再建が始まりましたか」

「いや、一家でどこぞに避難しておられる。再建はお上の許しが出たのだ。火事場の始末をしてもよかろうがな、熊野屋にかぎってその様子がない。魚河岸の商い再開はお上の許しが出たのだ。巷には熊野屋はもはやあの地で商いをなすことはあるまいという噂が飛んでおるそうだ」

「妙な話ですな。熊野屋は火付けされたほうですよ。なぜお店の再建が出来ません。金・銀の逓送も許された飛脚問屋は幕府開闢《かいびやく》以来の老舗でしたよ。お金には困っておりますまい。それがまたどうしたことで」

と首を捻った観右衛門が、

「代々熊野屋太兵衛方は地味な商いというか、手堅い商売を旨として引き継がれてきました。蔵にはそれなりの金子を貯め込んでおられましょう。再建なれば真っ先に槌音《つちおと》がするところだ」

「ゆえに熊野屋のことをお尋ねした」

小籐次の言葉に観右衛門が箸を手に腕組みして思案に落ちた。

「熊野屋さんならば古町《こちょう》町人であってもおかしくはない。それが祭礼などの折も派手なことは一切なさらないということだ。いえ、吝嗇《りんしょく》なのでも最前申しましたように金がないのでもない、私は表に立ちたくない理由があるとみました。あるいは金・銀の逓送まで扱う老舗の飛脚問屋は、手堅い商いを家訓にしておるのでしょうかな」

と自問した観右衛門が、

「そうか、火付けにあったには曰くがございますので」

と反対に小籐次に問い返した。

「大番頭どの、わしが聞いておる」

小籐次の反問に無意識のうちに頷いた観右衛門が、

「熊野屋さんとはうちは付き合いがございません。諸国の紙の産地には現金商いという紙漉《す》き屋がございます。熊野屋さんもうちもそれなりに年を重ねておりますが、なぜか商いの付き合いがございません。熊野屋は確か町人相手より武家方相手の商いでしたな」

と頭の中の古い記憶を引き出そうとしているのか、独りごとのように喋り続けた。

「町方とは付き合いがない。かといって武士相手にあれだけのお店があれだけの看板を掲げて商いを続けてこられたか。あ、思い出しました」

自問するように語っていた観右衛門が、

「私が未だ見習い番頭の折のことです。熊野屋が押込み強盗に襲われました。その折、熊野屋では、反対に押込みどもを撃退したばかりか、押込みどもを斬り殺したとか、熊野屋の奉公人は肝《きも》が据わっているとか、豪胆とか噂が流れましたが、直ぐにその騒ぎは余り巷の評判になることなく消えていった。そのときですよ、熊野屋太兵衛は武家の出、城中と未だ関わりがあるという密やかな風聞が耳に入って来たことがございましたな。二十数年前のことですよ」

「ほう、二十数年前もさような被害に遭われておったか」

「ともかくただの商人ではないことは確かです」

と観右衛門が応じた。そして、箸を止めていた煮込みうどんを食し始めた。

昼餉のあとも小籐次は黙々と久慈屋の店頭で仕事をなした。

この時節、日暮れが早い。

予定していた仕事が残った。足袋問屋の京屋喜平からも、

「師走内に済ませる注文がだいぶ入っております。赤目様、うちの道具の手入れも願いますよ」

と頼まれていた。

店仕舞いを始めた小籐次に国三が、

「赤目様、道具は舟に積み込みますか」

と尋ねた。

「手代さん、明日もこちらで仕事がしたい。店の隅に道具を置かせてはくれまいか。このところ仕事を休んだツケが回って来た。須崎村には戻らずに新兵衛長屋に泊まって明日こちらに戻ってくるでな」

と願った。

「暗くなって内海から大川を上るのは危ないですよ。そのほうが断然いい」

二人の会話を聞いていた観右衛門が、

「赤目様、ならばうちで夕餉をなさいませんか」

と誘った。

「お誘いは有難いが新兵衛長屋で先口がござってな。また仕舞風呂にも行きたいゆえ、本日はこのまま失礼を致す」

と小籐次は観右衛門に応じた。

「年の内はこちらで仕事をなされますな」

「そうするつもりです」

「ならば別の日に夕餉をお願い申します。うちの奥でも旦那様方が赤目様との膳を囲むのを楽しみにしておられますからな」

「また明日お世話になり申す」

と言い、小籐次は一礼して河岸道に出た。

小籐次は立ち止まって腰の辺りを、とんとんと叩いた。

その瞬間もどこからともなく小籐次を見詰める「眼」を感じていた。だが、何事もなかったように船着場におりて小舟の舫い綱を外した。

新兵衛長屋の裏庭ではさすがに新兵衛も「仕事」は終えて家に戻っていた。

小舟を繋いだ小籐次は、

「よいしょ」

と思わず声を漏らして石垣を攀《よ》じ登った。

「おい、歳には抗えないな。天下の酔いどれ小籐次がそれっぱかりの石垣を上がるのに、よいしょ、と声を漏らしたな」

庭の一角から勝五郎の声がした。

「勝五郎どのか、仕事は済んだかな」

「ああ、湯屋に行く仕度をしてよ、待ってたんだよ。魚田《ぎょでん》でいっぱいやりたいからな。桂三郎さんももう湯屋に新兵衛さんを連れていってよ、おめえさんが来るのを待っているぜ」

「ならば、われらも湯屋に急ごうか」

小籐次は朝方仕度していた着替えや湯の道具を持って、勝五郎といっしょに町内の湯屋に急ぎ向った。

小籐次の腰には次直が一本差し込まれ、杖代わりに竹棒を手にした。

木戸の外の新兵衛の家に、

「あとでよ、魚田の屋台で会おうか、桂三郎さんよ」

と声をかけた勝五郎が、

「おお、さむっ。雪が本式に降りそうだぜ。明日積もらなければよいがな」

と小籐次に言った。

「春はそこまで来ておるがな」

小籐次が答えて勝五郎と湯屋に向った。

湯屋の帰りに桂三郎と小籐次、勝五郎の三人は待ち合わせて魚田で熱燗の酒を半刻ばかり飲んだ。

なにしろ雪が本式に降り出して、湯上がりの勝五郎は、

「おっ、雪見酒か、おつな趣向だぜ」

と言っていたが、いくら湯に入り、熱燗を胃の腑に入れたとはいえ、体が冷えてきた。

「留三郎親方、われら、そこそこで引き上げよう」

小籐次の言葉に屋台の主人の留三郎が、

「助かった。おれも今晩は早仕舞いだ」

と言った。

雪の中、三人はうっすらと積もった雪道を新兵衛長屋に戻り、

「赤目様、風邪などひきませぬように」

桂三郎の言葉に小籐次はふと思い出した。

「らくだの細工は、好評だったようだな、桂三郎さん」

「はい。私が考えた以上にたちばな屋さんもお客様も喜んで下さいました」

「年の瀬に嬉しい話だ。また明日な」

と三人は木戸口で別れ、勝五郎と小籐次はそれぞれの腰高障子をあけて早々に土間に入り、障子を閉めた。

「ふうっ、助かった」

と薄い壁越しに、火が熾《おこ》された温もりに思わず声を上げる勝五郎の声が聞こえて来た。

小籐次は屋台の留三郎から貰ってきた火縄で行灯《あんどん》の灯りをつけた。すると、なんとなく部屋の中に人が入り込んだ気配を感じた。

だが、小籐次は早々に敷きっぱなしの布団に潜り込んで眠りに就いた。

年の瀬の慌ただしい一日は終わったわけではなかった。

第四章　雪染まる

一

その夜、駿太郎は智永の寝言に眼を覚ました。

「智永さん、寝ないでよ、今起きているのは智永さんの番でしょう」

「ああ、うん。お、おれ、眠っちまったか。もう交替の刻限だよな」

駿太郎にいうと、智永は茶室に敷かれた夜具の中に潜り込んだ。

茶室の不酔庵に夜具二組を持ち込み、四人が半刻交替で不寝番を勤めることにした。それを智永は眠り込んだのだ。

およそ茶室に夜具を敷き、寝泊まりするなんて不謹慎極りないことだ。

だが、小籐次はおりょうに願って夜具を入れさせた。二組の夜具を敷くと、水屋の半畳を除いて茶室の畳がそっくりと隠れた。ゆえにクロスケも三人といっしょに夜具の隅に敷いた古布の上で眠ることが許された。なにしろ小籐次が一家を望外川荘から弘福寺に避難させたほどの危険が迫っていた。

自分の不寝番の役目を勤めることなく床に就いた智永は、それでも緊張しているのか、鼾は搔かず静かに眠りにおちていた。

創玄一郎太と田淵代五郎は、抱き合うようにして眠っていた。

いくら茶室とはいえ、火の気もなく外は雪が降る寒さだ。茶室内は冷え切っていた。だが、小舟から見張るより寒さはきつくなかった。

日中は、四人して弘福寺本堂で剣術の稽古三昧だ。夕餉のあと、暗くなってから気配を消してそっと望外川荘に戻り、茶室に四人と犬が入り込んだ。

駿太郎は、父から借り受けた孫六兼元を枕元においていた。

来春になれば十二歳になる駿太郎は、すでに小籐次の背丈を二寸以上も追い越して手足も長かった。

この夏のことだ。

小籐次は駿太郎に孫六兼元を差し出して、

「使ってみよ」

と望外川荘の野天道場で命じた。

それまで駿太郎は、小さ刀や実父須藤平八郎の形見の脇差を小籐次の手伝いで研ぎ直して腰に差していた。だが、背丈が五尺三寸を超えて、五体は毎日の猛稽古でしっかりとしていた。

小籐次は、そろそろ大刀を使わせてもよいころと考えたのだろう。

孫六兼元は刃長二尺二寸一分だ。

並みの十一歳ならば、重くて振り回すことなど考えられない。だが、駿太郎は剣術家須藤平八郎の立派な体格と血筋を受け継ぎ、稽古三昧の日々が大人と変わらぬ力と技の持ち主に育てていた。そして、おりょうが、

「まるで筍が伸びるようです」

と驚くほど、体付きは日々大きくなっていた。

孫六兼元を腰に差した駿太郎は、帯の間に落ち着けようとなんどか動かしたのち、左手を鯉口に添え、右手を柄に添えたり離したりしていたが、

「父上、使えます」

ときっぱりと応じ、

「無理するではない。動きが滞ると考えたら刀を抜くのは止めよ」

と小籐次は注意した。その言葉に駿太郎は静かに頷き、視線を虚空の一角に向けた。

しばしの間があった。

「来島水軍流正剣十手のうち、流れ胴斬り」

と父である師匠に宣告した駿太郎は、瞑目したあと、かっと両眼を見開き、両足を広げてゆっくりと腰を落とすとさらに一拍間を置いた。

小籐次はいつ駿太郎がかような動きを覚えたのか、心中驚きを隠せなかった。流れに緩急があり、どこにも不自然な遅滞はなかった。

孫六兼元の鯉口を切った左手はそのままに、右手はだらりと脇に垂らしていた。

「参ります」

自らに声をかけた駿太郎の右手が孫六兼元の柄に躍った。沈んだ下半身を上げつつ一気に抜き上げた。

滑らかな動作で孫六兼元が抜き上げられ、左手が添えられた刃が光になって斜め上方の虚空へと伸びていった。

駿太郎は虚空を斜めに断ち切った刃をそのままに虚空に預けて、動きを止めた。弓術の残心と同じ構えをどこで覚えたか、駿太郎はとっていた。

(見られたか、須藤平八郎どの)

小籐次は思わず胸の中で須藤平八郎に話しかけていた。

遠い果てから須藤の満足げな笑い声が聞こえたように思えた。

「父上、いかがですか」

残心を解いた駿太郎が孫六兼元を鞘に戻して聞いた。

「そなた、父に内緒で孫六兼元を使ったか」

一瞬駿太郎が、はっとした表情を見せた。

「父上、申し訳ありません。父上の留守のおりに孫六で抜き打ちの稽古をしておりました」

「で、あろうな。初めての者が使える孫六兼元でもなければ、流れ胴斬りでもないわ。以後、使いたきおりは父に申せ」

「はい」

この父子の会話から半年余りが過ぎていた。

弘福寺に一家で引っ越す前に小籐次が駿太郎に、

「万一の場合は孫六兼元の力を借りよ」

と言って貸し与えたのだ。

こたびの敵は赤目小籐次すら恐れさせる面々と覚悟した。

相変わらず表では音もなく雪が舞っている気配があった。

狭い茶室で二組の夜具を敷いて四人の男と犬が身を寄せ合っていたが、それでも寒かった。点前座《てまえざ》横の半畳だけがなにもなく空いていた。

駿太郎は、望外川荘に何者かが現れた気配を感じた。

クロスケは身を起こした。だが、一郎太も代五郎も智永も眠り込んでいた。

駿太郎はクロスケの頭に手を乗せて、じいっとしていろと無言で命じた。

（未だ動くのは早い）

となにかが駿太郎に告げていた。

（父のいない望外川荘はこの駿太郎が守る）

と改めて思った。

最初の気配からどれほどの刻限が過ぎたか、いつの間にか望外川荘を殺気が取り巻いていた。

駿太郎はそれでも動かなかった。

小籐次は破れ笠を被り、綿入れに油単《ゆたん》を纏《まと》って、寒さを避けていた。

油単とは唐櫃《からびつ》や長持などに掛ける覆いだが、湿気を通さなかったことから防水布としても使われた。

庭の真ん中に空桶を逆さにおいて腰を下ろしていた。

その上、手あぶりを膝に乗せて寒さを防いでいた。この暖房具は久慈屋から借り受けてきたものだ。

足元は、京屋喜平の職人頭円太郎が小籐次のために拵《こしら》えた革製の足袋で固めていた。足首までしっかりと固められた革の履物は履き易かったが、この雪では滑ると小籐次は懸念した。そこで戦場の武者のように革足袋の上に草鞋《わらじ》を重ねて履いた。

これで雪にも滑るまいと思った。

望外川荘の庭に雪が二、三寸積もっていた。

九つ半（午前一時）と思える刻限、望外川荘を殺気が包んだ。だが、直ぐに姿を見せることはなかった。

小籐次は、少なくとも手あぶりのお蔭で手先がかじかむことはなかった。

破れ笠の上にも雪が二寸ほど積もっていた。そして、笠の縁には竹とんぼが十ほど差し込まれていて、綿入れと油単を着込んだ上にも雪が降り積もり、小籐次を大きな雪だるまのように見せていた。

その雪だるまに黒衣の面々が二十数人音もなく忍び寄り、包囲の輪を造った。

そして、じりじりと輪が縮まっていった。


そのとき、駿太郎は望外川荘の庭でなにかが起こっていることを察していた。

点前座横の、夜具が敷かれていない半畳をそっと上げると、不酔庵の床下に忍び出た。そのように半畳の使い道を考えていた。手には孫六兼元を握っていた。

するとクロスケもいっしょに床下に飛び出してきた。その場で足袋の上に草鞋を手早く履いて紐を結んだ。「これでよし」と駿太郎は胸の中でごちた。


「年寄りをいつまで待たせる」

外に出たせいで、小籐次の静かな声が駿太郎に聞こえてきた。

茶室の中で一郎太か、代五郎か、起きた様子があった。

黒衣の面々は、雪だるまを無言で眺めていた。

「火事場から攫《さら》った娘はどうしたな」

「連れておる」

瀬戸物町の火事場で口を利いたしわがれ声が応じた。だが、輪の中には娘らしき姿は見当たらなかった。

「赤目小籐次、われらが欲しておるものを承知か」

と尋ね返した。

「庭番安堵状」

小籐次の即答に黒衣の集団が驚きか、喜びか、揺れた。だが、一瞬だった。

「そのほう、何者か」

「赤目小籐次、研ぎ仕事で余生を過ごしておる」

しばし沈思した頭分が、

「われらのことを承知と見える」

「陰の者は自ら策は企てぬものよ」

「研ぎ屋風情でかような御寮に住めるとはそのほうも怪しげな」

小籐次の言葉に陰の者の頭が応酬した。

「人の暮らしぶりを詮索するほど下賤なことはあるまい。まず娘の無事を確かめたい。そうでなければ安堵状は渡せぬ」

「持参しておるな」

と念を押した。

「いかにも」

雪だるまが懐に手を突っ込んだ動きで揺れて、積もった雪がさらさらと落ちた。

そのような光景を雪明かりが見せてくれた。

駿太郎は、小籐次から受け取った料理茶屋よもぎのおそのが身に着けていたという匂袋をクロスケの鼻に近付け、

「よいか、この匂いの主が望外川荘のどこかにおるはずだ。探してくれ、クロスケ」

らくだ探しをしたお蔭でクロスケは、駿太郎がなにを命じているか直ぐに悟った。

クロスケはくんくんと、匂袋を嗅いで記憶した。そして、不酔庵の床下から船着場の方向へと歩き出した。

竹林の中で駿太郎は孫六兼元を腰に差した。

戦いの仕度は成った。

クロスケはぐいぐいと湧水池の岸辺に出たが、船着場には一艘《そう》の小舟の姿もな

かった。クロスケが船着場に関心を寄せることはなかった。

雪がちらちらと舞いすべての匂いを掻き消そうとしていた。だが、クロスケは確信を持った歩きで弘福寺の方向へと向っていった。

（まずい）

と駿太郎は思った。

弘福寺にはおりょうやお梅や百助がいた。黒衣の一味がおりょうたちを捉えていたら、と思ったのだ。

だが、クロスケは、本堂にも庫裡にも関心を示さず、墓地へと駿太郎を導いていった。

弘福寺の墓地の一角には閼伽桶《あかおけ》などを置いておく物置小屋があった。

クロスケが向った先はその物置小屋だった。

「よし、よくやった」

駿太郎はクロスケの頭を撫でて小声で褒めた。

クロスケは、尻尾を振って駿太郎に応えた。

物置小屋には、確かに人の気配があった。小屋の大きさからいって大勢の人間はいない、と駿太郎は判断した。

駿太郎は孫六兼元を鞘ごと腰から抜くと鞘尻を先にして構え、迷わず閉じられた板戸をこつこつと叩いた。すると戸が引かれた。

駿太郎は雪明かりで、猿轡《さるぐつわ》をされ、手足を縛られた娘が床に転がされているのを見た。

黒衣の者が駿太郎の出現に反応した。

だが、クロスケの動くのが一瞬先だった。相手の足元をかいくぐって囚われの身のもとへと飛び込んだ。

人質の見張りが手にしていた直刀を突き出した。だが、物置は狭く、素早い動きができなかった。

一方駿太郎の構えた孫六兼元の鞘尻は、相手の鳩尾《みぞおち》を一気に突いて倒していた。前に崩れ落ちてきた黒衣の者をそのままに駿太郎は物置には一人しかいないことを確かめ、

「おそのさんですね、もう大丈夫ですよ」

と言いながら、ぐったりと動かぬおそのが生きていることを確かめた。その傍にクロスケがくんくんいいながら寄り添っていた。

「よし」

十四歳の体を十一歳の駿太郎が肩に抱え上げると一気に弘福寺の庫裡へと走り出した。得意げなクロスケが、ぴょんぴょんと雪の上を跳ねながら従った。

「書付を見せよ」

「娘を連れて参れ」

陰の者の頭分と小籐次が言い合った。

小籐次は相変わらず、雪だるまの恰好で動く気配はなかった。

「いや、書付が先じゃ」

元御庭番の頭分は、全く小籐次の言い分を聞く耳は持たなかった。

「おぬしらの背後にだれが控えておるのか、わしは知らぬ、関心もない。わしの関心は娘の無事だけだ。なぜ攫ったな」

小籐次の問いに頭分は迷いを見せたが、

「あの娘、われらが火付けをしたことも、昔仲間を殺したことも見ておったのだ。火事騒ぎでいったんは見逃したが、また独り料理茶屋に戻ってくるとはな。迂闊《うかつ》だったな」

「なぜ娘を生かしておいた、かような駆け引きに使う心づもりであったか」

「なんとでも考えよ。まずは安堵状を渡せ、娘は必ずこの場に残していこう」

と言い放った。

「そなたらが御庭番から追放されてから何十年もの歳月が過ぎておる、時世が変わった。そなたらが上様御用の御庭番、陰の者に復帰することは叶わぬ」

「赤目小籐次、その口先で世渡りしてきたか。われら、野に伏し、飢えに苦しみながら忍従の歳月を過ごしてきたのだ。上様の安堵状さえあれば必ずや返り咲く」

と答えた頭分が、

「娘の命が欲しくば、安堵状を差し出せ。赤目小籐次、これが最後の通告ぞ」

と明言した。

「よかろう」

不意に雪だるまが立ち上がった。すると降り積もっていた雪がどさりどさり音を立てて、小籐次の足元に落ちた。

そのとき、創玄一郎太と田淵代五郎は外の騒ぎにはっきりと気付いていた。

「なにが起こっておるのだ、一郎太」

代五郎が聞いた。

不酔庵に智永の寝息だけが響いていた。

「赤目様が恐れる面々が現れたのだ」

「駿太郎さんとクロスケはどうした」

駿太郎とクロスケの姿がなく、点前座横の半畳が上げられていた。

「しまった、駿太郎さんに先を越された。代五郎、となればわれらの役目はおりょう様方を守ることだ。駿太郎さんはすでにあちらに行かれておるぞ」

「よし」

それぞれ刀を手にした二人が冷風の吹き込む点前座横の半畳の開けられた出口に次々に身を沈めた。

「智永をどうする。一郎太」

「寝せておけ。連れていっても足手まといなだけだ」

二人は不酔庵の床下に出ると、望外川荘の庭を見た。

奇妙にも着ぶくれた小籐次が立ち上がったところだった。そして、二人が雪明かりで見ていると、雪が、どさりどさりと落ち、油単姿の小籐次が、
ぱあっ

と防寒具を雪の原に脱ぎ捨てた。

いつもの赤目小籐次の姿が雪の中にあった。

「よし、あとは赤目様にお任せしよう。われらはわれらの務めを果たすぞ」

二人は床下から這い出ると弘福寺に向って走った。

湧水池の船着場まできたとき、雪の中から滲み出るように白衣の面々が何十人も姿を見せて、二人を囲んだ。

足を止めた一郎太が刀の柄に手をかけて、

「何者か」

と誰何した。

一郎太が初めて経験する恐怖だった。

恐怖の源は五、六十人の白衣の集団ということではない。まだ姿を見せない仲間もいるように思えたが、その集団が沈黙の裡に醸し出す非情苛烈の雰囲気が一郎太を、代五郎を恐怖に陥れた。

「い、一郎太」

「代五郎、われらの命を捨てても、おりょう様方を守り抜くぞ」

それでも一郎太が武士の意地を見せた。

白衣の中から女の声がした。

「その者二人は赤目小籐次様の門弟衆にございます」

その声が、二人の命を救った。

「行け」

腰が抜けそうになった一郎太と代五郎は、それでも不安と恐怖を隠して、弘福寺に走って行った。

「い、一郎太、あの者たち、何者だ」

「わ、分るわけがなかろう」

女の声には聞き覚えがあると、身を震わせながら一郎太は思った。

二

小籐次はいつもの形《なり》になった。破れ笠に差し込んだ竹とんぼに雪が積もり、大頭に白い花が咲いているように見受けられた。

小籐次は懐からなんとも大きな竹とんぼを出した。その柄《え》には書状のようなものが結び付けられてあった。

「かくのとおり所持しておる」

「それがどうして吉宗様の安堵状と分る、渡せ」

「確かめよ。ただし娘の無事を確かめてからのことだ」

小籐次の問いに頭分が手を上げた。すると二人が望外川荘から走り出ていった。

雪が急に激しく舞い始めた。

無言の対決が過ぎていく。

そのとき、駿太郎の声がどこからともなく響いてきた。

「父上、おそのさんは無事助け出しましたよ」

頭分が驚きに振り返った。二人の黒衣の者たちが走り戻って来た。

「娘が奪われましたぞ」

「おのれ」

頭分が小籐次を振り向いたとき、「安堵状」と思える結び文が付けられた大竹とんぼの柄を小籐次が両手で捻り上げ、虚空に放った。

ぶうーん
と音を立てて虚空に舞い上がり、追放された元御庭番衆四家を束ねる頭分へと飛んでいった。

陰の者だ。

未だ小籐次はだれ一人として忍び衣の面々の名を知らず、また聞こうともしなかった。陰の者は陰の者として生き、死んでいく。名はあったとしても仮の名だ。

ぱあっ
と飛んでくる大竹とんぼに手を伸ばして摑んだ頭分が「安堵状」を解いた。そして雪明かりで開くと、

「覆水は盆に返らず　時の流れゆくままに任せるがよし」

と読めた。

小籐次の字だ。

老中青山忠裕が偽書した安堵状は懐の奥に隠し持っていた。相手が相手だ、そう簡単におそのとの交換に応じるとも思えなかった、ゆえに小籐次がもうひと工夫した大竹とんぼに結ばれた「安堵状」だった。

「おのれ」

「そなたらが火付け押込みの騒ぎを利して熊野屋太兵衛方に押し入った夜、飛脚

問屋熊野屋の秘密をこの世から消すべく太兵衛自らが火を付けてすべて灰燼《かいじん》に帰したのだ」

と告げた。

「そなたが追い求めた安堵状が熊野屋の地下蔵にあったかどうか、わしは知らぬ。が、太兵衛が命を賭してすべての秘密をあの世へ持っていったことだけは確かよ。そなたらに、だれが過ぎし日の夢をいまひと度と唆《そその》したかも知らぬ、陰の者の生き方はわしが説くまでもなかろう。己の野望を追ってはならぬ。ご一人《いちにん》の命のみがお決めになることだ」

小籐次の言葉に、頭分がわなわなと震える手で小籐次作成の「安堵状」を握り潰した。

「みなのもの、赤目小籐次の死に場所ぞ」

頭分が一同に命じた。

包囲の輪が縮まった。

そのとき、小籐次は破れ笠の縁に差された竹とんぼを一本ずつ摑み、捻り飛ばした。次々に竹とんぼが雪の舞う虚空へと飛び上がり、乱れ舞った。

「酔いどれ流竹とんぼ乱舞」

と小籐次の言葉が漏れて、

「赤目小籐次、許さぬ」

と頭分が忍び刀を抜いた。

「そなたらの相手はこの赤目小籐次ではないわ。昔仲間が姿を見せたでな、わしの前座芝居はこれまでよ」

小籐次がするすると雨戸の閉じられた望外川荘のほうへと後退していくと、白衣の集団が望外川荘の庭を埋め尽くす様に姿を見せて、白い雪の原に黒衣と白衣の忍び衣の一団二組が対峙した。

白衣の数は、黒衣の数の三倍はいた。

無言の対峙のあと、戦いがはじまった。

雪が降る庭で白と黒が飛び交い、真っ赤な血をまき散らした。昔仲間が白衣と黒衣に分れての戦いは、壮絶悲惨を極め、雪の原を真っ赤な血に染めていった。

黒衣一人に白衣三人がかりの戦いだ。白衣の陰の者たちには家斉の命があった、黒衣の陰の者には野心が、憤怒があった。

ゆえに非情を極めた。

駿太郎が抱えてきたおそのをおりょうやお梅は火の傍に連れてきて、まず温《ぬる》めの白湯《さゆ》をゆっくりと飲ませた。

「もう大丈夫ですよ、私たちはおそのさんの味方よ」

おりょうの言葉におそのの両眼にじんわりと涙が盛り上がってきた。

囚われの身の間にやせ衰えたおそのの体をおりょうは両腕に抱いた。

嗚咽《おえつ》が庫裡に響いた。

駿太郎はこの場をおりょうに任せると、再び表へと飛び出した。するとクロスケが従ってきた。

弘福寺から望外川荘の西側の敷地に潜り込んだ駿太郎は、鬱蒼《うつそう》と茂った林を抜けて泉水の西側に出た。

「あっ」

駿太郎とクロスケは、足を止めた。

雪明かりの下、白と黒が入り乱れて死闘を繰り広げていた。

数が拮抗《きつこう》した戦いではなかった。白衣は三倍の数がいたが、黒衣の者たちには忍従の歳月に胸に溜め込んだ憤怒を力に激闘していた。

なにより白も黒もその昔、同じ紀州の藩士であった出自があった。同じ陰の道

を歩んできた者同士の戦いは、

「生か死か」

二つに一つしか選ぶ途はなく、悲惨にして過酷だった。

四半刻に渡った淡々とした殺戮戦《さつりくせん》は、最後の一人まで無言裡で続いた。そして不意に終わった。

黒衣の者は一人として立っている者はいなかった。

白衣の者にも犠牲が出ていたが、その者たちは戦いの場から引き下げられて、湧水池にいつの間にか集まった船で御庭番御用屋敷へと運ばれていった。治療のためだ。

無数に転がる骸の上に雪が舞い落ちていく。新手の助っ人が姿を見せ、骸を一人ふたりと船着場に運んでいく。

なんとも手際がよい動きだった。

駿太郎とクロスケは、黙然とその池越しに見ていた。雪が体に纏わりついたが、寒さも忘れて見入っていた。

駿太郎は、剣術家の戦いとは全く異なる非情な殺戮から目を離すことなく見続けた。

一郎太と代五郎も弘福寺から戦いの場を望むところに戻っていた。囚われの身だった娘を駿太郎が助け出したことをお梅に聞かされて、望外川荘の庭へと戻ったのだ。

二人は泉水の南側から白が黒を制する静かなる戦いの最後の瞬間を見た。戦いが終わりを告げたとき、

「一郎太、われら、悪い夢を見ているのか」

代五郎が思わず漏らした。

一郎太はなにも答えなかった。

「夢じゃな、悪夢じゃな」

「そうかもしれん」

ぽつんと一郎太が呟いた。

小籐次の眼前からすべてが消えて雪が戦いの痕跡を隠していった。最初から最後まで見ていた唯一の人物小籐次は改めて思った。

「陰の者の戦いは非情」

と。

須崎村から大勢の人の気配が一気に消えた。

ふうっ
小籐次が大きな吐息を吐いた。

女が独り小籐次に歩み寄ってきた。いや、ここにも殺戮戦の全容を目の当たりにした人物がいた。

老中青山忠裕の密偵おしんだ。

「これが城中の望みか」

「陰の者が自ら考えて動くことは決して許されません。まして御庭番を追放された者たちが返り咲くことは有り得ません」

おしんは小籐次の心中を慮《おもんぱか》ったか、そう言った。

「陰の者に許されることではないと」

「その妄念を持ったとき、陰の者ではなくなるのです」

「黒衣の者たちの背後にいた人物は分っておるのだな」

小籐次の問いにおしんは、無言で応じた。だが、

「そのお方もまたこの雪がすべてを白く染め隠すように消えていかれましょう」

「この世で政、いや、力を得た者同士の戦いほど非情なものはないな」

「かもしれません」

と答えたおしんは、小籐次の傍らから去りかけ振り向いた。

「殿の用人が森藩江戸藩邸を訪れました」

と言った。

「戦いの場を提供したわしへの礼か」

無言で頷くおしんの表情は最後まで険しかった。目礼をすると雪に紛れ込むように消えた。

望外川荘の軒下にいた小籐次のところに駿太郎、一郎太、代五郎、それにクロスケが集まって来た。

皆が黙り込んでいた。

朝がゆっくりとやってきた。

「智永はどうした」

「不酔庵で寝ていると思います」

駿太郎が答えた。

「智永を起こしてな、和尚をこの場に連れてこよ。いささか寒いが斃《たお》れし方々の霊を弔おうではないか」

小籐次の言葉を聞いた駿太郎が不酔庵に走っていき、クロスケも従った。

茶室の中で智永は夜具を全身にかけて眠り込んでいた。

「智永さん、起きてよ」

何度か揺り起こしたあと、ようやく智永が夜具の間から亀が頭を出すように顔を覗かせた。

「もう朝か。稽古をするのか」

「今朝は違います、和尚さんと智永さんにお願いがあります」

「なんだよ、駿ちゃん」

「望外川荘の庭でお経を上げてほしいんです」

「親父とおれの二人でか。おれ、坊主をしくじった男だぞ」

「それでも安房の寺で修行をしたのでしょ。お願いします」

駿太郎の言葉に智永がようやく頷き、寒いな、といいながら布団から這い出て、

「なにかあったのか、庭で弔えなんて」

とぼそりと言った。

雪が小やみになった望外川荘で弔いが行なわれた。

袈裟を着た智永はなかなか様になっていた。父子で上げる読経の声が戦いに斃

れた陰の者たちの御霊《みたま》を慰め、供養した。


この日、四つの刻限、雪がやんでお天道さまが戻ってきた。

駿太郎らは、何日も閉じられていた望外川荘の雨戸をあけ放ち、雪に反射して眩しい光と冷たい風を入れた。そして茶室の不酔庵を片付けて掃除をした。


そのとき、小籐次とおりょうは、おそのを伴い、本石町四丁目の大黒屋を訪ねていた。

おそのは、弘福寺で湯につかり、体を清めて、お梅の着物を借りて着ていた。そのあと、粥《かゆ》を食して顔に生気が戻っていた。そこで小籐次が二人の女を乗せた小舟を駆って、料理茶屋よもぎの一家と奉公人が身を寄せる大黒屋を訪ねたのだ。

その知らせを聞かされたよもぎの主夫婦が離れ屋から店に飛んできて、

「おその」

と叫びながら抱き付いた。

三人して大黒屋の店先で抱き合うのを大黒屋の大番頭が奥へと連れていくように女衆に命じた。

「大黒屋の大番頭どの、わしの役目は済んだ。これにて失礼致す」

小籐次の言葉に、

「おそのさんの命を助けてくれた赤目小籐次様をこのままお帰ししたとあっては、主に叱られます」

過日と異なり、大番頭は江戸言葉で小籐次に応対した。それだけ小籐次がおそのを奪還してくれたことに上気していた。

「わしはなにをなしたわけでもないわ」

「そうでもございましょうが」

と言った大番頭が不意に聞いた。

「おそのさんはなぜ、だれに囚われたのでございますか」

小籐次は大番頭を手招きして、帳場格子から呼び寄せ、小声で説明した。

「おそのさんは気付いてはいまい、だれになぜ攫われたか曰くをな。わしの推量じゃが、おそのさんは師走にも拘わらず伊勢町堀側の障子戸を開けて新しい空気を部屋に入れる癖があったようだな」

「あの娘は部屋の気が淀むのが嫌いなんでございますよ。幼いころからそうでした」

大番頭の相槌に頷き返した小籐次が言葉を続けた。

「最前、小舟でこちらに来る折におそのさんに聞いて、そのことを確かめた。あの夜も、三味線の稽古を終えた四つの刻前、障子戸を開けたそうじゃ。そして、火付けに遭った飛脚問屋の熊野屋方を見たという。

その気配に火付け押込みの面々が気付いたのであろう。火事騒ぎになって乳母に手を引かれて大横町からこちらに避難する道中、おそのさんは、あの連中が熊野屋に火付けをしたのではないかと思い付き、よもぎの自分の部屋にとって返しそのことを確かめようとした。そこをな、火付け押込みに見つかり攫われたのだ」

「なんと」

と言った大番頭がしばし沈思していたが、

「おそのさんが見たとその者たちが思っただけではございませんか」

「どういうことだな」

「若い娘ゆえ、他言は無用に願います。おそのさんは軽い鳥目でしてな、障子を開いておくのも外をなんの意味もなく見るのも不安のせいです。夜はよく見えていないゆえ、却って確かめようとしたのではありませんか」

「鳥目とな」

鳥目とは夜盲症のことだ。

「だが、相手はそのようなことは知らぬ。ゆえにおそのさんが難儀をすることになったのであろう」

「赤目様、その連中が再びおそのさんを攫うことは考えられませんか」

「安心せよ、それはない」

小籐次が確約した。

「赤目様が退治なされたのでございますか」

「まあ、そういうことだ」

と答えるしか小籐次には術《すべ》がなかった。

幕府の御庭番衆、新旧の陰の者同士の壮絶な戦いが表に出ることはない。

「おそのさんの両親が聞いたらどれほど喜びますことか。ようもおそのさんを助け出してくださいました」

大番頭が改めて頭を下げた。

「おそのさんは、しっかりとした娘御ですね。囚われの日々、よう辛抱なされました。しばらく静かに見守ってやって下さいまし」

とおりょうも願った。

「一家が落ち着きました折には、必ずやお礼に伺わせますでな」

「さようなことは無用じゃ。実はおそのさんを見つけたのはわが倅と飼い犬のクロスケでな、おそのさんの部屋にあった匂袋をわが倅が犬に嗅がせたところ、おそのさんの囚われておる場所に導いてくれたのだ。ゆえにおそのさんの命は自らの匂袋が救ってくれたともいえる」

「ほう、酔いどれ様の、おお、これは失礼をば致しました。赤目様の倅様とお犬様がおそのさんを見つけましたか。それならば、赤目様のご一家とお犬様をよもぎに一夕《いっせき》お招きするというのはいかがですかな」

「大番頭どの、ばかを申さんでくれ。料理茶屋にわが一家が上がることすら憚《はばか》れるものをクロスケじゃと。ともかく礼などは無用にござる」

小籐次とおりょうは大黒屋を辞去して、小舟を繋いだ伊勢町河岸の東側に向わんとして、料理茶屋よもぎに立ち寄った。すると大工の棟梁らしい男が消火のためにうち壊された玄関先を調べていた。

「修繕をしなさるか」

小籐次が声をかけると、

「へえ、大黒屋さんの大番頭さんから頼まれましてね、出来るだけ早くお店を開きたいとか。ですが、こちらの一家はなんぞ不幸に見舞われて商いどころではないと奉公人の一人から聞かされたんですがね」

と首を傾げた。

「棟梁、その不幸ならば解決致した。よもぎの家族も奉公人も一日も早い店の再開を望んでおられよう」

と小籐次が告げた。

「そいつは嬉しい知らせですぜ」

と言った棟梁が伊勢町堀の対岸を見て、

「熊野屋の再開は無理だってね。そんな噂が流れてますぜ」

「ほう、老舗の飛脚問屋がな」

「火付けに見舞われたんだ、災難だ。罪科《つみとが》はなにもないのにね。この師走にどこに身を寄せておられますかね」

飛脚問屋を装って陰務《かげつと》めを続けてきた熊野屋太兵衛は、自らの務めを果たして死んだ。そして、残された一家と奉公人がどこでどうしているのか、小籐次は知らなかった。

三

師走も押し詰まった日、小籐次は馴染みの得意先に一年のお礼に回ることにした。騒ぎから数日後のことだ。

望外川荘の庭の雪が消えると陰の者同士の死闘の痕跡も何事もなかったように掻き消えていた。

まず浅草寺御用達畳職の備前屋から始めた。

隠居の梅五郎が久しぶりに姿を見せた小籐次をじろりと見た。

煙管《きせる》を手に、忙しげに働く倅の神太郎や職人衆の仕事ぶりを横目で見ながら、

「どなたかな」

と問うた。

「ご隠居、師走が忙しいことは重々心得ておった。そんな折に不義理して大変申し訳なく思うておる。言い訳するようじゃが、よんどころなき事情ですべて仕事を休んでおった。こちらだけに欠礼したわけではござらぬ」

と腰を低くして詫びた。

梅五郎は無言で小籐次を睨んでいるだけだ。

「そなたにとって、うちは大した得意先ではないからな」

ぼそりと嫌みを言った。

「そうではござらぬ。こちらほどの上得意をないがしろにしたわけではけっしてないのだ。真に相すまなかった」

小籐次が白髪頭を下げたが、険しい表情を緩める気配はない。

しばし小籐次は梅五郎を見ていたが、

「ご機嫌麗しくないようじゃな。改めて新年にご挨拶に伺おう」

小脇に抱えた研ぎ道具を下ろすことなく、

「どなた様もよいお年をお迎え下されと」

と声をかけて踵を返そうとした。

「ちょ、ちょっと待った。折角来たのだ、少し働いていけばよかろうが」

梅五郎が慌てて引き留めにかかった。

改めて小籐次は梅五郎に視線を戻した。

梅五郎は小籐次の反応にいささか狼狽していた。

「よろしいのか、仕事をさせてもらって」

「当たり前だ」

「本日はお詫びかたがた一年のお礼ゆえ、一切研ぎ代は頂戴せぬ」

と小籐次が答えると、

「ほれ、荒筵をどけてみな、研ぎ場が出来ているぜ」

と梅五郎自ら、土間の片隅にこんもりと盛り上がった筵をどけた。するといつものように研ぎ場が設えられて桶に水まで張ってあった。

「親父、酔いどれ様に嫌がらせの真似をしようたって最初から勝負は決まっているんだよ。男と女の仲と一緒だ。惚れたほうが負けに決まっていらあな。親父のは飛んだ猿芝居、茶番だ」

呆れた顔の神太郎が親父に言い、視線を小籐次に向け直して、

「酔いどれ様よ、暮れにきて瀬戸物町の火事騒ぎに関わっていたんだってな。料理茶屋のよもぎはうちの得意先だ。あそこの畳も新規にする注文がうちに舞い込んでいらあ。それもこれも赤目小籐次様が動いて、拐しにあっていたおそのさんを助け出したからこそ、よもぎは立ち直れたんだ。それを承知の親父が拗《す》ねた真似なんぞしやがって。隠居爺が天下の赤目小籐次様にあれこれもの申すなんて烏《お》滸《こ》がましいんだよ」

倅の神太郎からがつんと言われた梅五郎がしょんぼりして、言い訳をし始めた。

「だってよ、酔いどれ様だってよ、師走はうちが忙しいのは分っているじゃねえか。それを酔いどれ小籐次め、姿のすの字もなしだ」

「だからよ、親父、読売が書いていたろうが。赤目様のお蔭でよもぎのおそのさんの命が助かったんだよ。駿太郎さんと飼い犬が見つけたんだってな、らくだ探しに続いて駿太郎さんと飼い犬は大手柄だ。読売によると、町奉行もなんぞご褒美をと考えているそうじゃないですか」

神太郎の視線が途中から小籐次に向けられた。

「なに、読売がさようなことを書きおったか」

小籐次は研ぎ場に道具を下ろして仕度をしながら神太郎に応じた。

あの未明の騒ぎの日の昼過ぎ、雪が残る望外川荘に空蔵が姿を見せて、あれこれと質した。

「空蔵さんや、よもぎの娘を見つけたのはクロスケと駿太郎じゃ。だがな、瀬戸物町の騒ぎに関わりがあるのかないのか、われらは一切知らぬ。娘さんをよもぎの家族が身を寄せておる大黒屋に届けただけだ。仔細は、わしらに聞いても知らんぞ」

と突っ放した。

「酔いどれ様、よくおれにそんな口が利けるな。おそのさんが火事騒ぎの最中に攫われたのはとくと承知の空蔵だ。そんなおれに冷たい口を利いてもよいのか」

と脅しともつかぬ言葉を並べた。だが、小籐次は、騒ぎの経緯について口にしなかった。いや、出来なかった。

「まあいいや、おまえさんのところに時々姿を見せるおしんさんがよ、おれによその経緯は話してくれたぜ。公儀を恨みに思う輩の火付け押込みらしいな。おまえさんも口を閉ざすように命じられているんだろう。まあ、泣く子と地頭にはよ、いくら天下の酔いどれ小籐次でも敵わないやね。こんどばかりは見逃してやるよ」

と嫌みを言い残した空蔵は、雪が積もった庭を横切って船着場に待たせた舟に向った。

さすがの空蔵も真っ白の雪の下に非情を極めた「身内」同士の戦いの痕跡があるとは気がつかなかった。

おしんが先手を打って空蔵に、さしさわりのないところで話を聞かせたのだろうと小籐次は考えた。

その空蔵の書いた読売のことを神太郎が言っていた。小籐次は読売を読んでいないので、なんとも答えようがなかった。

「酔いどれ様よ、素直にお上の手伝いをしていて仕事が出来なかったといえばよいではないか」

梅五郎が機嫌を直したか、研ぎ場近くに自分の席を設け、手あぶりまで小籐次との間に置いた。

「ご隠居、すまぬ。本日はあちらこちらと馴染みの得意先を年末の挨拶を兼ねて詫びて回るところだ。こちらでは一刻しか研ぎが出来ぬ。手入れがいる順に道具をお借りしよう」

小籐次はさっそく研ぎ仕事に手をつけた。

機嫌を直した梅五郎があれこれと話しかけてきたが、小籐次は一心不乱に仕事に専念し、四つ過ぎには仕事を止めた。

「なんだよ、もう帰るのか。おれの話なんぞ一つも耳に入っていまい。年内にもう一度くらいくるよな」

「そうできればよいがな。これから蛤町《はまぐりちょう》裏河岸に向う」

と小籐次は慌ただしく道具を纏めた。

「皆の衆、今年も世話になった。来年も宜しゅうお願い申す」

と小籐次は腰を折って挨拶をした。

「親父、用意したものを出さないか」

「神太郎、おまえに言われなくともよ、手を懐に突っ込んだところだ」

梅五郎が紙包みを出した。

「ご隠居、神太郎親方、本日は年末の挨拶、無沙汰の詫びだ。研ぎ料を頂戴するほどの仕事はしていない。気持ちだけ頂戴致す」

「職人が手間賃を一々断わってどうするよ。こいつはな、本日の研ぎ代じゃねえ、おまえさんが江戸の人のために骨を折った労賃だ。師走のうちからの挨拶よ」

梅五郎が道具を抱えた小籐次の手に押しつけた。

「恐縮至極でござる」

「うちと本石町四丁目の大黒屋は長い付き合いだ。その縁でよもぎの仕事もしているんだ。その娘を赤目一家が助けたとあれば、これくらいなんでもねえぜ」

最前とは打って変わった梅五郎の言葉に、仕事をしながら職人たちがにやにやして見た。

「野郎ども、てめえの手先を見ずに仕事が出来る年季を積んだか。おれの顔におかしなものでも付いてやがるか」

「へえ、頰べたに『酔いどれ命』と書いてございますぜ」

と職人の一人が応じて一同が笑った。

「くそっ、隠居をばかにするねえ」

と弟子に応じる梅五郎に、

「ご隠居、だれ一人ばかにしている者などおらぬ。ともあれ、こちらのお心遣い有難く頂戴致す」

小籐次は素直に受け取った。

「おりゃな、おまえさんが話せねえわけはなんとなく察しているんだ。火付けにあった飛脚問屋熊野屋太兵衛さん方は、ただの商人じゃねえって噂は、古町町人ならば、昔から知っていることよ」

梅五郎が小籐次にだけ聞こえるように囁いた。小籐次は黙って頷いて備前屋を辞去した。

次に小籐次が向った先は川向こうの蛤町裏河岸だ。

角吉《かどきち》とうづが野菜舟にいて、大勢の女衆を相手に正月用の春野菜を売っていた。

「おや、珍しい人がきたよ」

女客の一人が言い、うづが振り向いて小籐次を見た。

「あら、赤目様、相変わらず忙しいわね。拐しに遭っていたという娘さん、元気だったの」

「利発な娘でな、怪我一つしておらなかった。怖かったことは間違いあるまい。じゃが泣き叫ぶこともなくじいっと我慢していたのだ。そのお蔭で命拾いをした」

「さすがに駿太郎さんとクロスケよね」

とうづが答えると、弟の角吉が、

「だけどよ、なぜ酔いどれ様のところばかりに騒ぎが集まっていくのかな」

と首を捻った。

「酔いどれ様には生まれ持ってさ、騒ぎが寄ってくる癖《へき》があるんだよ。天の定めるところ、天命ってやつだね。致し方ないよ」

竹藪蕎麦のおかみのおはるが言った。

「おはるさんや、わしは決して望んでいるわけではないぞ」

「分っているって、江戸のためにさ、精々来年も頑張るんだね。私たちは我慢してさ、赤目様が研ぎ仕事に来るのを気長に待っているからさ」

「有難きお言葉にござる」

小籐次はここでも白髪頭を下げた。

「今日はさ、少し早いが年越しそばをうちで食べていってよ」

おはるの言葉に小籐次は大きく頷いた。

黒江町八幡橋際の曲物師《わげものし》万作から経師屋の根岸屋安兵衛、魚問屋の「魚源」の五代目永次と、年末の挨拶を兼ねて急ぎ仕事をこなした。そして、昼餉には遅い刻限の八つ過ぎに竹藪蕎麦で蕎麦を馳走になって、小舟を芝口新町に向けた。

新兵衛長屋に立ち寄ると、駿太郎の姿が庭にあった。

新兵衛と並んで一人前に研ぎ場を設えて長屋の刃物を研いでいた。

騒ぎも鎮まったせいもあり、小籐次は得意先に挨拶回りをしたが、それとは別に徒歩で駿太郎は、須崎村から新兵衛長屋に来ていた。新兵衛長屋に二人して泊まり、明朝早く森藩江戸藩邸を訪ねるために父子で話し合った結果の別行動だった。

駿太郎は、小籐次の忙しさに長屋の刃物を研ぐ余裕があるまいと、新兵衛の面倒を見ながら研ぎ場を設えたのだろう。

「どうだ、上手く研げたか」

　小籐次の問いに、

「皆さん、長屋の暮らしで使う刃物の研ぎとしては十分と申されました」

「どうれ、見せてみよ」

　石垣に着けた小舟から小籐次が声をかけた。

　駿太郎が仕上げた出刃包丁を小籐次に見せるために堀留に歩み寄った。すると
なぜか新兵衛まで従ってきた。その手には小籐次が造った木刀があった。

　駿太郎の研いだ出刃は、丁寧な仕事を示してなかなかの出来だった。

「長屋のおかみさん方が使う刃物としては十分じゃな。よう覚えた」

　小籐次は駿太郎の物覚えの早さに驚きを隠せないでいた。

「父上が研ぎ直しをしなくてもよいですか」

「よいよい。気持ちが籠った仕事ぶりだ」

「よかった」

　駿太郎がいう傍らから新兵衛が木刀を黙って差し出した。

「なに、このわしに研ぎ具合を確かめよと言われるか」

今日の新兵衛は「赤目小籐次」ではないらしい。どうやら小籐次を研ぎ師の親方とでも考えての行動かと見えた。

「どれ、拝見致そう」

木刀を新兵衛から受け取った小籐次は、木刀の刃をしげしげと見た。

「おお、これは見事なる研ぎにございますな」

小籐次は刃を指の腹にあて、真剣と見まごう動作で「研ぎ」具合をしっかりと確かめ、莞爾《かんじ》とした笑みを新兵衛に向けた。

「さすが名人上手の研ぎ、さぞ刀も満足にござろう」

小籐次が新兵衛に柄を先にして返した。

「ご検分感謝致す。礼代わりに刀を使うてみようか」

新兵衛の口調は武士の口調だった。

「ほう、して御流儀は」

「来島水軍流」

おや、また赤目小籐次に新兵衛が舞い戻ったかと考えた。

木刀を帯に差した新兵衛が、小籐次と駿太郎に向き合い、

「ゆえあって姓名の儀は名乗れぬ」

と言い訳して、そろりと木刀を腰から抜き、正眼に構えた。

「おい、どうしたんだ、新兵衛さんよ」

とそこへ勝五郎が一仕事終わったか、前掛けに木くずをつけて庭に姿を見せた。

「下郎、神聖なる剣技披露の場になにゆえ闖入《ちんにゆう》致す。邪魔を致すと、そのほうの首を斬り飛ばすぞ」

新兵衛が木刀を八双に構えた。

「冗談はなしだよ、新兵衛さんよ。本当はおれがだれか分っているんじゃねえか」

顔の前でひらひらと手を振る勝五郎に向い、

「戯言《ざれごと》にて誤魔化しおるか。下郎、その場に控えよ。素っ首斬り落としてくれん」

と振り下ろした。

ぽん
と後ろに飛んだ勝五郎が、

「酔いどれ様よ、なんとかしてくれよ。赤目小籐次病は治ったと思ったのにな」

とぼやいた。

小籐次は、

「駿太郎、新兵衛さんの面倒を頼む。わしは久慈屋どのに年末の挨拶に行って参るでな」

と小舟を石垣から離した。

「ああ」

勝五郎の悲鳴が上がり、新兵衛が木刀で斬りかかるのを駿太郎がそっと腕を摑んで、

「武士《もののふ》が町人を相手にしてはなりません」

と止めに入った。

その騒ぎを見ながら小籐次は久慈屋に小舟を向けた。

堀留から御堀に出たところに汐留橋がかかっている。橋の袂におしんが待っていた。

「そろそろお見えになるころだとお待ちしておりました」

小籐次が汐留橋に小舟を寄せるとおしんが乗り込んできた。

「殿からの言付けにございます。望外川荘を戦場《いくさば》に変えたことを詫びるとのこと

でございました」

「雪がすべてを隠し、すべてを浄めて消し去った」

と小籐次はそう答えた。

おしんが頷き、

「御庭番に返り咲こうと望んだ陰の者の心中を考えると不憫であった。だが、その気持ちを弄《もてあそ》んだどなたかは許せぬ」

「上様自らその者の始末はお付けになられたそうな」

おしんの言葉に小籐次が頷いた。もはや小籐次が関知するところではない。

「瀬戸物町の飛脚問屋は再建はなしか」

「ございますまい。昔から巷にあれこれと風聞が流れていたことも確か、これを機にお上で見直しを考えられた結果でございましょう」

「屋号の熊野に一家眷属《けんぞく》で戻られたか」

「大いに考えられることにございます」

と答えたおしんが話題を変えた。

「料理茶屋よもぎに再び暖簾がかかり、正月明けには商い中を示す灯りが入りましょう」

「それはよかった。おそのはどうしておる」

「以前にもまして三味線の稽古に熱を入れているとか。嫌な記憶を消し去ろうとしてのことでございましょうか」

「大いに考えられることよ。おそのとはわずかな時しか話したことはない。じゃが賢い子じゃな」

おしんが頷いた。

「陰の者は向けられたおそのの視線を気にし過ぎて自滅した。おそのの眼差しは俗世間ではのうて、遠い果ての夢を見ておったのにな。陰の者には及びもつかぬ夢であったろう」

小籐次は、若い娘に夜盲症があることをおしんには告げず、ただそう答えていた。

おそのは漠然と見た光景を確かめようとして、陰の者に見咎められた。だが、実際はしっかりと見たわけではなかったのだ。曖昧にしておくことが不安だっただけなのだ。

はあ、と訝しげに答えたおしんが、

「おそのさんは三味線を稽古して、命を助けてくれた駿太郎さんとクロスケに聞かせるのを楽しみにしているそうです」

と言った。

「駿太郎が聞いたら喜ぼう」

小籐次は、おそのの救出は火事騒ぎでただ一つの救いであったな、と思った。

四

翌朝、小籐次と駿太郎は芝の浜沿いに元札之辻へと小舟を向けた。

浜には創玄一郎太と田淵代五郎が待ち受けていた。

この日、格別に呼ばれたのだ。

刻限は明け六つ前でほのかに夜が明けかけていた。元札之辻の先は大木戸が設けられていた。

東海道を上る旅人が品川宿に向って急いでいた。

師走の旅だ。物見遊山の旅よりは急ぎの道中だろう、旅人の足はだれもが早かった。

「一郎太、代五郎、ひどい場に立ち会わせたな」

小籐次は二人の門弟に過日のことを詫びた。

「未だ夢を見ているようでございます」

代五郎が正直な気持ちを吐露し、

「だれにもあの話を出来ないのが辛いです」

と一郎太も洩らした。

当然、あの夜の出来事はなかったこと、極秘事項であった。それは墓場まで持っていく秘密だった。

「若いそなたらに過酷な争いを見せてしもうた。あの記憶を消し去るには長い歳月がかかる、赤目小籐次、悔いても悔い足りぬ。一郎太、代五郎、あの夜の出来事を話したくなった折、この小籐次に話せ。いっしょに語り合おう」

二人が頷き、一郎太が、

「幼い駿太郎さんが耐えておるのです。われらに出来ないことはありません」

と自らに言い聞かせるように言った。

あの明け方、茶室不酔庵に独り眠り込んでいた弘福寺の後継ぎ智永は、父親の和尚とともに雪が積もった望外川荘の庭でなぜ読経せねばならないのか、理解が付かなかった。

「意味不明の法会《ほうえ》」

が終わったとき、智永が一郎太らに、

「なにがあったんだよ」

と質した。

未だ顔を引きつらせていた一郎太が、

「智永さんは寝ていてよかった」

と呟く顔に、智永はそれ以上質すことはできなかった。

一方人の生死を長年見てきた父親の和尚は、望外川荘の庭で大勢の人間が亡くなったことを漠然と察していた。

それはそうであろう、降り積もる雪が隠しているとはいえ、わずか一刻ほど前、血で血を洗う闘争が繰り広げられ、何十人もの骸が転がっていたのだ。それはまるで戦国時代の戦場であった。

骸は庭から運び出されたとはいえ、流された血潮は雪の下に確かにあった。またそんな死者の魂が雪の原に浮遊していたのだ。

そのことを和尚は察していた。

「なんぞ事が終わったようじゃな」

と黙したままの小籐次に質した。

「和尚、師走の忙しいときにおりょうらが世話をかけたな。この礼はなんとかせねばなるまいて」

小籐次は和尚の問いには直接答えなかった。

「いや、赤目様、もはやわしは礼を受け取っておる」

和尚の言葉に小籐次が、

「なにもしておらぬがのう」

と応えると、

「いや、倅といっしょに経を読んだなど何年ぶりかのう。倅一人だけが眠り込んで、異変を目撃しておらぬようだが、かような場の近くにいた経験はなんらかのかたちで、智永の五体のどこかに刻み込まれているものよ」

父親の言葉を智永は訝しげな顔で聞いていた。そして、不酔庵に独り眠り込んでいた最中、望外川荘の庭で大変な出来事が起こったらしいと、一郎太や駿太郎の険しい表情から察することはできた。

「かもしれぬ」

「それにいい仲間を得た。酔いどれ様、それで十分だ」

と和尚が返答した。そして、

「おりょう様方は、今日にも寺から望外川荘に引き揚げじゃな、なんやら寂しゅうなる」

あの日から智永は父親の和尚といっしょに読経することもあるという。あの悲劇の場が生み出した善行だった。


「赤目様、今朝は格別、いささかいつもとは違う道場にございます」

代五郎が小籐次に告げた。なんとも微妙な顔付きだった。

「年の瀬だ。すす払いでもなすか」

「すす払いはすでに済んでおります」

一郎太と代五郎が赤目父子を森藩江戸藩邸に案内し、いつものように庭を抜けて剣道場の前に立った。

すると独り稽古着姿の池端恭之助が待ち受けていた。

小籐次は道場が粛として静かなことを異に思った。

「今年も残りわずかでございます。今年最後の稽古は過日終わりましたが、本日は格別と思し召して宜しくご指導のほどお願い申します」

恭之助が小籐次に声をかけた。

「池端どの、いかにも今年の剣術指南役は終わったと思っておったがな」

「はい。いささか事情がございまして」

と恭之助がいい、

「うむ」

と訝る小籐次に、

「ささ、赤目先生、駿太郎さん、道場へお入り下され。本日はあれこれと酔いどれ小籐次様を驚かす趣向がございます」

と言った。

道場の玄関前にいつもより多くの履物があった。

森藩江戸藩邸の剣道場に入るには、庭を抜けて道場前に出るほかに、藩主や重臣方だけは屋敷から渡り廊下を通って、道場の見所《けんじょ》脇の入口に達することもできた。

小籐次と駿太郎は履物を玄関の端に脱いで式台へと上がった。

すると煌々と灯りが道場内に点されているのが分かった。

いつもは、暗い中で体を解《ほぐ》し、朝の光が道場に差し込んで初めて打ち合い稽古を開始した。

灯りを点すのは森藩江戸藩邸でも限られていた。むろん油や灯心の節約のためだ。道場で使うことは滅多に許されなかった。

もう冬が終わるという時節だ。

いつもは道場内が薄暗かった。それが煌々と灯りが道場の床を照らし出していた。

（なにがあったのか）

小籐次は首を傾げながら、道場に一歩足を踏み入れて動きを止めた。

見所には江戸家老を始め重臣が居並び、道場の床には稽古着姿の藩士たちがずらりと並んで、

「赤目師範、お早うござる」

と一同が和して挨拶した。

「お早うござる」

と返礼した小籐次は、まず見所の神棚に向い、拝礼した。

駿太郎も父親に倣った。

「赤目小籐次、剣術指導ご苦労であるな」

江戸家老がにこやかな顔で小籐次に話しかけた。

父子はその場に正座した。

「ご家老、それがし如きの剣術指導でよいのかどうか思い迷い、恐縮しておるところでございます」

小籐次が答えると、江戸家老が、

「まあ、それはよい」

となんとも寛容な返答が戻ってきて、

「赤目、殿が国許に戻っておられる折こそ、武士の表芸たる剣術の稽古に熱を入れるべきかと考えを変えた。ゆえに今朝は身動きのとれる藩士全員を道場に集めた。赤目小籐次、日頃の成果を見せてくれぬか」

と願った。

これまでの言動からして夢想もできないことだった。

(どうした風の吹き回しか)

と小籐次は思ったが、

「ご家老自らご見分とは有難き幸せに存じます。早速稽古に取り掛かります」

小籐次が一礼して立ち上がると稽古着姿の家臣五、六十人ほどが木刀を手に立ち上がった。

「各々方、まず体を解すことから始める」

池端恭之助の凜《りん》とした声が響き、東西二組に分れた藩士らが体を解し始めた。その中には重臣の子弟らが交じっていた。小姓見習組の水村修次郎、池辺義忠、佐竹忠利、平良克之らもいた。この者たちも小籐次の指導を仰ぐのをよしとしなかった連中だ。こちらの面々は、重臣から命ぜられたゆえ致し方なく道場に姿を見せたという顔をしていた。

それにしても剣道場にこれだけの数の藩士が姿を見せたのは、藩主の久留島通嘉に命じられて、嫌々集まったとき以来だ。なにが起こったのであろうか。

あの折は、殿の手前道場には姿は見せたが、

「元厩番風情に剣術の指導など受けられるか」

と本気で赤目小籐次の指導を受けようという上士は池端恭之助ら数人を除いていなかった。

それも藩主が参勤下番して江戸を不在にしたのちは、朝稽古に出てくる藩士が減っていた。

それが急に満員盛況の道場と変わった。

(ああ、そうか。おしんのあの言葉か)

老中青山忠裕の用人が森藩江戸藩邸を訪ねたと言ったことを思い出した。

なにがおころうと、小籐次の気持ちに変化はない。

打ち込み稽古に移って小籐次に指導を願う藩士らを次々に相手した。

稽古が一刻ほど続き、道場がそれなりに白熱した。

そのとき、小籐次は見所脇の入口に一人の偉丈夫が立ったのを見た。

稽古着で木刀を提げていた。

小籐次は、その人物が森藩江戸藩邸で六年前まで師範を勤めていた溝口修と承知していた。

溝口は上士、武官たる物頭を勤める人物だった。

下屋敷の厩番であった小籐次は、顔を合わせたことがあったかどうか、それほどの身分差があった。また赤目小籐次の御鑓拝借騒ぎ以前、

「森藩に溝口修あり」

と武名を轟かせていた。それほど西海道の外様小藩久留島家の中で他藩にも知られた一刀流の達人だった。

だが、この六年、胸の病を患い、自ら通嘉に願って国許で療養に勤しんでいた。通嘉の参勤下番のあと、江戸藩邸に復帰したと、一郎太らから小籐次は聞かされていた。もし病が完治したのなれば、森藩剣術指南は溝口修に返すべきかと、小籐次はちらりと思った。

溝口が患ったのは三十代の半ばを過ぎたころだった。ゆえに四十を二つ三つ過ぎていた。

病が癒えたあと、国許で稽古を積んできたらしく、五体に張りがあって顔色もよく動きもきびきびしていた。

その溝口が小籐次に衒《てら》いのない言葉をかけた。

「赤目師範、一手ご指導を願う」

先輩の師範にして上士の溝口に乞われた小籐次は、

「溝口様、こちらこそご指導をお願い申します」

と言い、対峙することになった。

小籐次は、溝口が剣術指南役を取り戻すべく小籐次に声をかけたかと思った。だが、その顔の表情にはそのような企みが隠されているとは思えなかった。

身分などすべて雑念は忘れて一介の剣術家同士の稽古をなすと、小籐次は已に言い聞かせた。

新旧の師範同士の対決に藩士ら一同が注目した。

稽古の手を休めたばかりか藩士らが壁際に下がり、二人の対戦を見守ることになった。

見所でも江戸家老らが注視していた。

小籐次は、来島水軍流を封じて、どの流派であれ、その基となる正眼に構えた。

溝口も相正眼を選んだ。

背丈は小籐次を一尺ほど越す偉丈夫だ。堂々たる構えだった。

見所に座す重臣には、

「溝口ならば下屋敷の厩番を一蹴しよう」

と期待して眺める者もいた。

先手をとったのは溝口だ。

間合をつめ、大きな体を利して小柄な小籐次を面打ちで攻めた。

むろん溝口も、天下に名高い「御鑓拝借」の赤目小籐次を一撃で破るなどとは毫《ごう》も考えていない。

小籐次は大きな体が小籐次を押しつぶすような面打ちに、そよりと木刀を合わせて力を散らせた。

その瞬間、溝口は赤目小籐次の武名の数々が本物であることを確信した。ならば、どこまで攻め続けられるか試してみようとそう思った。

一刀流の術を尽くして攻めた、攻め続けた。だが、溝口は一切姑息な仕掛けや技は使わなかった。ひたすら愚直に正面から攻め続けた。

この対決を見る人々の大半は、溝口修が病に倒れる前の剣術家に戻ったと考え、いつ赤目小籐次の防御がほころびを見せるか、見守っていた。

対決する小籐次も昔の溝口修ではないことを悟っていた。病に伏して森藩家臣としても剣術家としても大事な時節を休まざるを得なかったことが、剣術家溝口を一段と大きな人物にしていた。

駿太郎は、父の守りが以前とは違うことを承知していた。

一見大きな体の元師範が父を押しつぶすように攻め続け、一方的な対戦であるかのように見えた。だが、一撃一撃を受けるたびに小籐次が、乾いた地面に雨水が染み込むように、溝口の力を吸収していることを見てとっていた。

不意に溝口が攻めの手を止めて、後ろに飛び下がり、間合を改めた。

小籐次は、対決のときから同じ場所に立ち、溝口の攻めを受け続けていた。

このことを承知なのは藩士では池端恭之助ら数人だった。
全盛期の溝口修を知る藩士たちは、間合三間から姿勢を低くして踏み込みなが
ら打ち込む、
「兜壊《かぶと》し」
の秘技を使うと悟った。
小籐次も噂に聞く秘技かと悟った。
「おっ」
気合いが溝口の口から洩れた。
次の瞬間、溝口が腰を沈めて敢然と踏み込み、不動の小籐次の脳天へと兜壊し
の強打を見舞った。
虚空を赤樫の木刀が鋭く切り裂いた。
駿太郎は、ぎりぎりまで引き付けた小籐次が柳の枝を春風が戦《そよ》がすように、
そより
と溝口の渾身の兜壊しの下に身を入れ、初めて攻めの木刀が、
ふわり
と翻ったのを見た。

大きな体の脇腹に小籐次の木刀がさわり、溝口がその場に膝をついて、

「参りました」

と声を上げた。

しばし道場内に静寂が漂った。

厩番が物頭を破った。と考えて歯ぎしりする者もいた。

小籐次は溝口の前に正座した。

「溝口様、兜壊しの一撃しかと拝見させていただきました。ようも病を克服して江戸に戻って来られました」

「かつて『森藩に溝口あり』などという埒《らち》もない評に已惚《うぬぼ》れたおのれが恥ずかしゅうござる」

「いえ、病を経験し、溝口様は一段と大きな剣客に育たれました。元厩番の評などなんの意味もございますまいが、年寄り爺、そう思いました」

「赤目どの、江戸に戻り、そのお言葉ほど嬉しいものはございません。下番なされた殿がそれがしの顔を見て、『溝口、そなたなら赤目小籐次と話が合おう。予の参勤上府を待たずともよい。江戸藩邸に戻れ』と命じられた意味、ただ今分り申した」

「溝口様、森藩剣術指南のお役、ただ今溝口修様にご返納致します」

と小籐次が言い、莞爾と笑った。

「それはなりませぬ。赤目小籐次に森藩江戸藩邸の剣術指南を申し付けられたのは殿にござる。赤目どのの一存ではなり申さぬ」

と溝口が辞退した。

しばし沈思した小籐次が、見所の江戸家老を振り見て、

「ご家老、それがしが藩邸に剣術指南に出向いて来られるのは精々月に二度にござる。それがし、これまでどおり、こちらの道場に客分として通い申す。溝口様にその他の日々は、ご指導のほどお願いできませぬか。それがしが客分を解かれるのは、殿の上府を待ってということでお願い致します」

と願った。

「いえ、ご家老、森藩から赤目小籐次の名を失うのは、殿のご意思に反します、故に森藩江戸藩邸の剣術指南は赤目小籐次どのとそれがしの二人で相務めます」

と溝口が凜然と言い切った。

元札之辻の浜辺に池端恭之助が見送りに来た。

「驚きの趣向とは兜壊しの溝口様の復活であったか」

「それもございます」

「他になにがあった」

「重臣方がなぜ皆打ち揃って道場に姿を見せられたか、曰くをご存じですか」

「わしが溝口様に敗れる姿を見に来られたか」

　恭之助が苦笑いをして、

「先日、老中青山忠裕様の御用人がふらりとわが藩邸に参られ、『赤目小籐次を使い立てして御当家に迷惑をかけたな』と当家の江戸家老に詫びていかれました。深い話はそれがし存じませぬが、ご家老方、赤目小籐次なる人物が老中と繋がりがあると初めて知られて、驚愕しておられました。ゆえに今朝の稽古には藩士全員の剣道場集合が命ぜられました。もはや当家の重臣方は、赤目様にあれこれ言う立場にはございません」

　小籐次はおしんが仲介した、元陰の者の始末の場所を貸したことへの礼がこれかと得心した。

「さようなことはどうでもよい。わしは溝口様と知り合いになれてよかった。それだけで十分じゃ」

小舟はすでに駿太郎が乗り、棹を使って小籐次が乗るのを待っていた。

「池端どの、今年は世話になった」

「来年も宜しくお願い申します、赤目様」

小籐次が小舟の舳先を押し出しながら猫のように身軽に飛び乗り、

「池端様、よいお年を」

と駿太郎が挨拶して芝の浜から築地川の河口へと向っていった。

第五章　三色交趾《さんしょくこうち》

一

いよいよ明日は大晦日、文政七年も残り二日となった。

その日、小籐次は朝から久慈屋に研ぎ場を設けて久慈屋と足袋問屋京屋喜平の研ぎを行うことにした。

洗い桶のそばに藁苞《わらづと》を置き、竹で作った風車や竹とんぼや竹笛などを差し込んであった。一年のお礼に客にあげるものだ。

風車がからからと音を立てて回り、芝口橋を忙しげに往来する人々にその存在を訴えていたが、その音に気がつく者はいなかった。

竹とんぼは、小籐次が被った破れ笠に差し込んだ「飛び道具」ではなく、あくまで子どもの玩具だ。だから羽根の縁も子どもが触っても怪我などしないように削ってあった。

小籐次にとって久慈屋は他に代えがたい得意先であり、家族同様の付き合いをなすお店だ。そのために本日は、一年のお礼奉公と思い、次々に持ち込まれる道具を丁寧に研いだ。

そんな小籐次を見て芝界隈の裏長屋の住人には、

「酔いどれ様よ、うちのがたがきた包丁を研いでくれないか。道具くらい手入れをして、さっぱり正月を迎えたいやね」

と仕事を持ち込んでくる者もいた。

「おお、少しばかり時をくれぬか。夕餉の仕度に間に合うように手入れを終わるでな」

「おお、構わないぜ」

名は知らないが顔は見たことのある触れ売りの男が、研ぎ代にと一朱を前払いした。

「釣りじゃな、ちょっと待ってくれぬか。研ぎ上がった包丁といっしょにお返ししてよいか」

「酔いどれ様、釣りなんてもらう気は端《はな》っからねえよ。まあ、当人は嫌だろうがさ、酔いどれ大明神の騒ぎの折に、何文か賽銭上げて拝んだら腰の痛みがすっかり消えたんだよ。そのお蔭で今年一年仕事が出来た、そのお礼参りだ。手は合わせねえから案じなさるな」

「有難いことでござる。腰の痛みが消えたのは、わしのせいではない。そなたの心がけが宜しいからだ」

三本の包丁を預かり、小籐次は風車と竹笛を客に渡した。

「おお。こいつはうちの子どもが喜ぶぜ」

夕方前に道具を取りにくると言い残した触れ売りの客が消えた。

そんなやり取りを見ていた大番頭の観右衛門が、

「師走らしい麗しい光景じゃございませんか、赤目様」

と小籐次の背に声をかけてきた。

「久慈屋さんのお蔭でかように嬉しい客も飛び込んでこられる。ただし酔いどれ大明神の再燃は断じてお許し願いたい」

振り返って帳場格子に応える小籐次に、

「今年一年、あれこれと騒ぎがございましたな。来年も赤目小籐次様を頼みとなさるお方は、城中のお偉いお方から最前の触れ売りの客まで大勢おられますよ。間違いございません」

と観右衛門のご託宣があった。

「久慈屋どのも代替わりが粛々と進んでおるようでございますな。うちは未だ駿太郎が幼いで、この爺が精を出すしかございますまい。じゃがな、最前も申したが本業の研ぎ以外はお断わり致す所存、折角湯治に行って治った体にござる、大事に使わぬと久慈屋さんのご厚意に応えられぬ。赤目小籐次、もはや無理は利きませんでな」

と小籐次が応じるところに研ぎ場の前に人影が立った。

客かと思って振り向くと、空蔵だった。

「今年も泣いても笑っても明日までだ、酔いどれ様」

空蔵が研ぎ場の前に腰を下ろした。

「ああ、今日明日ゆえそなたと無駄話をしている暇はない」

小籐次は仕事に戻ろうと研ぎかけの道具に手を戻した。

「おれとおめえさんの間柄だ。今年最後のよ、大ネタが一本欲しいんだがよ、酔いどれ様、なんぞないか」

「そなた、わしを読売屋の手先と勘違いしておらぬか」

「とは言いながら、今年はよ、おれより山猿の三吉に大ネタをやったな」

「そなたの商売仇が偶《たま》さかその場に居合わせた結果でああなったのだ。わしが三吉に伝えたせいではないわ」

「文政七年の幕引きだ。なにかないと、うちも納まりが付かないんだよ。大ネタでなくてもよ、中ネタ、いや小指の先くらいの小籐次ものの騒ぎはないかね」

と空蔵が尋ねたところに、

「ああ、掏摸《すり》だ！　だ、だれか捕まえて」

と女の悲鳴が芝口橋の中ほどで起こった。

「どけどけ、どかんかい、呆け茄子ども、この匕首《あいくち》が目に入らんちゅんかい」

と上方訛りの乱暴な声が響いた。

空蔵が反射的に振り返った。

そのせいで小籐次の視界が開けた。

芝口橋を往来する米俵を積んだ大八車の陰から人混みを掻き分けて匕首をちらつかせた男が二人、

「どかんかえ、突き殺されたいか！」

と上方訛りで威嚇《いかく》しながら姿を見せ、橋の北詰めで、一瞬どっちに逃げるか迷ったように尖った視線を慌ただしく這わせ、小籐次の目の前の河岸道を選んだ。

「ああ、あ、す、掏摸だ」

ふらふらと空蔵が立ち上がろうとした。

ぎらりと光る殺気だった目がこちらを見た。

小籐次は破れ笠の竹とんぼを摑むと次々に飛ばした。

二本の竹とんぼは指の捻りで力を得て、地面を低く這い飛び、河岸道を逃げようとする掏摸の男の頰を、
さっさっ
と切り裂いて足を竦ませた。

「な、なんだ」

と先頭の髭面が頰に手を当て、

「ああ、血やがな」

と喚《わめ》いた。

「どこのどいつや、わいらの仕事の邪魔しくさった野郎はよ」

瘦身の男が空蔵を睨んだ。

「お、おれじゃない」

空蔵が激しく手を横に振り、小籐次を、

「こ、こちらの方」

という風に指した。

小籐次は傍らに立てかけてあった竹棒を摑むと、研ぎ場に立ち上がった。すると、手代の国三が、さあっと草履を小籐次の前に並べた。心得た国三の行ないに、

「すまぬな、草履取りの真似をさせて」

と言った小籐次が、

「いたずらしたのは、このわしだ」

と掏摸を見た。

「おいぼれ爺、研ぎ屋か。大晦日前に弔い屋を儲けさせることになったがな」

髭面の掏摸が小籐次につかつかと歩み寄って、一間手前で足を止めた。

「おおお、上方者だな。あやつら、酔いどれ様がどなたかも知らずによ、その眼のまえでワルさをしてのけたぜ」

芝口橋から声がかかった。

掏摸は逃げようかどうか迷った末に、

「爺、男の顔に傷をつけよったな。あほんだら爺、ただではすまさへんぞ」

と叫んだ痩身の掏摸のほうが小籐次に向って匕首を腰だめにして突っ込んできた。その仲間の髭面も加勢の動きを見せた。

「ああー、あいつら、どつぼにはまりに行きやがった」

橋上に立ち止まった野次馬の声が聞こえたかどうか、小籐次の体に二つの匕首が左右から迫ってきた。

その瞬間、小籐次の持つ竹棒の先端が、
くいくい
と掏摸二人の喉に突き込まれた。

ぐっ
と呻き声を上げた掏摸たちが大きく裾を乱して両足を上げ、河岸道に背中から叩きつけられて落ち、気を失った。

「たま屋!」

「かぎ屋!」

と合いの手が橋の上から上がった。

小籐次の口から、

「来島水軍流竹杖突き」

の言葉が漏れた。

「おお、仕事が飛び込んできた」

と空蔵が歓喜の声を上げた。

「それより難波橋の秀次親分を呼んでこないか。こやつどもはわしが見張ってい

よう」

小籐次の言葉に、

「合点だ」

と走り出した空蔵の視界に、年の瀬の町廻りをする秀次親分らが飛び込んでき

た。

「親分、こいつらだぜ。師走になって荒っぽい掏摸を働く野郎どもだぜ」

銀太郎の声がして、手先たちが気を失った二人の掏摸に捕縄をかけんと伸《の》し掛

かっていった。

秀次親分の後ろから南町奉行所定廻り同心の近藤精兵衛《せいべえ》が巻羽織も粋に、前帯

に朱房の十手を覗かせ、黒塗りの大刀を一本落とし差しにして、ゆっくりと姿を

見せた。

「赤目どの、お手柄にございますな」

近藤がにやりと笑った。

「手柄もなにもこやつらが勝手に飛び込んできただけだ。掏摸という叫び声を聞いたが、どなたか懐中物を盗まれた女衆がいるのではないか」

秀次親分が立ち止まって掏摸騒ぎを見物していた人ごみに、

「だれか掏摸に遭った人はいないかえ」

と呼びかけた。すると小女を連れたお店の内儀風の女子が真っ青な顔で、

「掛取りの金子をす、掏られました」

と秀次に訴えた。

「親分、財布が二つに袱紗包み、巾着をこやつらが懐に入れてやがったぜ」

と信吉が両手に四つを見せた。

「ああ、その袱紗包みが私のものです。うちの屋号が袱紗に入ってます」

と内儀風が袱紗包みを指した。

「よし、分った、お内儀《かみ》さん、こやつらといっしょに大番屋に来てくれないか」

被害に遭った女衆と掏摸二人を南茅場町の大番屋に連れ込むよう秀次が命じた。

「合点だ」

「よし、おれも親分方の、いやさ、酔いどれ様のご相伴に与ろう」

空蔵は秀次親分や掛取りの金を掏られた女衆らに従い、掏摸騒ぎで一本読売を作る気らしい。

「赤目どの、この年の瀬に上方から手荒い掏摸どもが江戸に入り込んでおりましてな、あの二人もその一味でしょう。大番屋で仲間のねぐらを吐かせます。あとで報告に参ります」

と言い残し、近藤精兵衛も急ぎ姿を消した。

小籐次は何事もなかったように研ぎ場に戻った。

「赤目様、そろそろ四つ時分、ひと休みなされませんか」

大番頭の観右衛門が誘った。

そこへ騒ぎを知った女中頭のおまつが、小籐次の研ぎ場まで盆に茶と餡ころ餅を運んできた。

「師走にきて人助けだね」

「喜んだのは読売屋の空蔵さんだけだ」

小籐次は餅を食いながら茶を喫し、芝口橋を眺めた。

もはや掏摸騒ぎは終わったようで、師走の慌ただしい賑いを取り戻していた。

「赤目様」

人混みから若い奉公人が姿を見せて小籐次に深々と頭を下げた。

見知った顔だった。だが、どこのだれか咄嗟に思い出せなかった。近頃、小籐次は人の顔と名が思い出せないことがしばしばあった。

「私、山城町の質屋山城屋の見習い番頭の享吉にございます。その節はおっ母さんが多大な迷惑をお掛け致しました」

と享吉は丁寧に腰を折って頭を下げた。

「おお、すまぬ。享吉さんであったな」

と慌てて応じた小籐次が、

「わしは六郷河原でお袋さんのおくめさんと会ったぞ。なんと熱海に湯治に行かれていたようだな」

「話を聞いて呆れました」

と享吉が言った。

「息災に見受けられた。湯治のお蔭かな、なによりではないか」

「はい」

と返事をした享吉はなんとなく通りがかりに挨拶に立ち寄ったとは思えなかっ

た。

「享吉さんや、なんぞおくめさんの身に起こったか」

「それが急な話なもので、相談する相手も思い付かず最前の掏摸騒ぎを御用の折に見ておりまして、つい」

「わしに頼みか」

「お袋はまたツボ振り稼業に戻ったのでございます」

「そなたの母御のツボ振りは芸じゃぞ。そなた、見たことはあるまい」

「お袋は決して私の前ではさような真似は致しませんでしたから存じません」

「一度見ておくのも悪くない」

と女髪結おくめの隠れた顔を偶然にも知ることになった小籐次が言った。

「赤目様」

と浩介の声がして、小籐次が振り向くと、

「お話なれば店座敷をお使いになりませぬか」

と言った。

小籐次がどうしたものかと、享吉を見返すと、

「久慈屋の若旦那様、ご親切なお言葉有難うございます。いえ、直ぐに済む話に

ございます」

と享吉が深々と帳場格子に頭を下げた。

「なんだな、話してみよ」

「明晩、お袋はツボ振りを願われたようでございます。ですが、最前、お店に姿を見せまして、私に『明晩の賭場はなにやら嫌な感じがする。今更義理ある人の頼みゆえ断わることも難しい。万が一、なんぞあった場合は、これを弔いの費えにしてくれ』と言って金包みを私の手に押しつけたのでございます」

「おくめさんが怯《おび》えておるのか」

「あのようなお袋の険しい顔を初めて見ました」

小籐次はしばし沈思した。

「賭場はどこか」

「さようなことは一切私には洩らしません。ただ長屋を出るのは五つの刻限というておりました。なんでも駕籠が迎えにくるそうです」

「駕籠がな」

確かにツボ振りに駕籠を寄越すというのは妙な話のように思えた。賭場がどこか知られたくなくて駕籠に乗せるのではないかと、思った。

「これもなにかの縁じゃ。わしが密かにおくめさんに従おうではないか」

「有難うございます」

と享吉は小籐次を伏し拝まんばかりに頭を下げた。

「頼む、その真似だけは止めてくれぬか。賽銭がどこからとも飛んでこんでもない」

と小籐次が願うと、それでも、

「これは些少ですがお袋の付き添いの費えにして下さいまし」

と享吉は紙包みを差し出した。

「享吉さんや、わしとそなたのおっ母さんは一期一会の縁で終わると思うておった。じゃがな、六郷の渡し場で再び出会うたとき、縁は続くと思い直したものよ。金など爺には無用なものだ、若いそなたがなんぞ事を起こすときのために大事にとっておきなされ」

と断わった。

享吉は無言でまた頭を下げた。

「必ず佐久間小路備前町の米屋の長屋に参る」

と享吉に言い聞かせてその場を去らせた。

小籐次は盆に残っていた茶を喫した。そして、再び研ぎ仕事に戻った。

小籐次は観右衛門と二人だけで遅い昼餉を頂戴した。

「最前のあのお方、山城屋の見習い番頭さんですな」

「あの者のお袋おくめは女髪結が本業ですがな、その昔はツボ振りの名人の父親から直伝の技を伝えられた女ツボ振りじゃよ」

「おお、難波橋の親分らと一乗寺にそのおくめさんが埋められておるのではないかと、探し回られた一件でしたな」

「わしは、賭場でおくめさんの妙技を見せられ、一晩で一両すってしまった」

「まだ縁が続いておりましたので」

「話さなかったかな。森藩の殿様のお見送りに六郷河原に参った折、明け六つ前だというのに芒《すすき》が繁った河原からおくめさんが姿を見せた。騒ぎのあと、騙されたつもりの二十両をもって箱根、熱海と湯治に行っていたそうな」

と前置きした小籐次は倅の願いを告げた。

「お袋さんの不安と倅さんの懸念、当たっておりますな」

「明日は年の瀬というのに博奕場に潜まねばならぬとは、前世でわしはよほど良からぬことをしておったのかのう」

「前世も現世も赤目小籐次様の本性は人助けでございますよ」

と観右衛門が意外と真面目な顔で言ったものだ。

二

小籐次は、久慈屋から使いを立てて今晩戻れぬかもしれぬとおりょうに伝えた。その上で研ぎ場を急ぎ片付けて、浩介と観右衛門に目顔で挨拶して大勢の往来で込み合う芝口橋を渡った。

小籐次が訪ねた先は、金杉の鳶市の家だ。賭の貸元を勤める鳶市は金杉橋近くに一家を構え、一乗寺など貧乏寺を使って博奕場を開いていた。

小籐次がおくめと知り合ったのも鳶市が仕切る一乗寺の博奕場だった。金貸しと博奕の貸元が稼ぎの鳶市は、阿漕《あこぎ》に稼ぎをしているわけではなく難波橋の秀次親分の言によれば、

「まあ、可愛げのある貸元でしてな、そこそこ道理も心得ています。悪い評判が

あまりないんで奉行所もわっしらもお目こぼしをしているんですよ。世間は表ばかりで成り立ちませんや、裏もなきゃあね」

と小籐次に言ったことがあった。

その鳶市を訪ねたのはおくめの一件の背後に金杉の鳶市が控えていると思ったからだ。

明日は大晦《おおつごも》りだ。

鳶市一家の内外はぴかぴかに掃除がなされ、門松も飾られて、すっかりと正月を迎えるばかりの仕度が整っていた。

「ご免」

と声をかけながら敷居を跨ぐと、鳶市自ら率先して、鏡餅なんぞを玄関土間に続く板の間に飾っていた。

「あぁー、よ、酔いどれさ、さま」

と小籐次を承知の子分の一人が悲鳴のような声を上げて、鳶市以下の面々が小籐次を見た。

「さすがに任俠道に生きる金杉一家じゃな、正月の仕度がすでに終わっておるわ、見事見事。研ぎ屋風情ではこうはいかぬ」

「珍しいご仁がよ、年の瀬も押し詰まってご入来だ」

と鳶市がなんとなく小籐次の訪いの理由を察したように言った。

「まあ、上がんなせえ。酒ならいくらもあるぜ」

「師走も押し詰まって酒を飲む余裕もなく働かされておる。本日は親分の知恵を借りにきた」

小籐次の言葉に頷いた鳶市が正月の仕度は子分どもに任せて、小籐次を大きな神棚のある居間に招じ上げた。

神棚もすでに正月仕度だ。縁起物の大きな熊手が飾ってあった。

小籐次は神棚に向って拝礼した。

その様子を見た鳶市が、

「今年は世話になった。酔いどれ様に酒の一杯も差し上げたいがな」

と殊勝な言葉を吐いた。

「最前申したとおりだ、酒より知恵を貸してくれぬか」

しばし間を置いた鳶市が、

「おくめの一件か」

と質した。

「やはりそなたが一枚嚙んでおったか」

と応じた小籐次がおくめの倅から願いごとがあったことを話した。

「そうか、おくめは明日の一件にそんな不安を感じておったか」

「不安なんぞ無用な話か」

「うーむ」

と唸った鳶市が、

「ないこともない」

と続けて煙草盆に手を差し伸べた。

「ならば事情をすべて話してくれ」

小籐次の問い質しに、

「おれも話の肝心なところはほとんど聞かされてねえんだ。いえね、おれっちの賭場に時折遊びにくる札差の大番頭からさ、腕のいいツボ振りを知らないかと頼まれたことが発端なんだ」

と前置きした鳶市がぽつりぽつりと小籐次に告げ始めた。

要領を得ない話しぶりで一々小籐次が念押しすることになり、時を要した。

「なに、おくめさんは、ある札差の代役でツボを振るというのか」

「ああ、相手方は武家だ。この武家が三代前に札差から年貢米をカタに前借りした金子が五百両を超えたんだそうだ。

そこでな、札差がもう年貢米での前貸しはできねえ、それより少しでも前貸しの金子を返してくれと何度も願ったら、先方の用人が色だけは鮮やかなめし茶碗を三つ持参してよ、これで前借りした金子の肩代わりとちゃらを願ったというんだ。札差が怒ってな、こんな安っぽいめし茶碗三つが五百両だと、ふざけなさいますなと言ったらよ、相手は平然として世が世であれば、一碗五百両はする代物だ。わが屋敷にはもはやこれしか金目のものは残っていないと居直ったというのだ」

鳶市の話しぶりが段々滑らかになった。

「相手の武家方の先祖はな、なかなかの羽振りだったらしいや。その折、京で手に入れた猫のめし茶碗だ、いや、猫のめし茶碗と言ったのは、おれに頼んだ大番頭だよ、おれじゃねえぜ、酔いどれ様」

「だれがなにを言おうとさようなことはどうでもよい。猫のめし茶碗に五百両の価値はあるまい」

「それも三つもだぜ、一つで十分だよな」

「話が見えぬな、三つも一つも五百両は高かろう、鳶市親分」

「おれだってすべてを聞かされたわけじゃねえ。ともかくだ、相手方の用人がいうには、殿はこの猫めし茶碗で借金を支払い、その上で来春に嫁入りするお姫さんに五十両や百両は持たせたいから、ともかく受け取って、さらに百両上乗せせよとの一点張りだそうだ」

「話が強引だな」

そう思うだろうという顔で頷いた鳶市が、煙管に刻みを詰めて火を点けた。

ぷわっ
と気持ちよさそうに紫煙を鼻から吹き出した。

「で、な。札差に向って、そなたも承知のように殿は博奕好き、うちの殿の言い分とそなたの言い分のどちらを聞くか博奕で決着をつけぬか、と言い出したんだと」

「なに、世も末だな」

御家人など金に困った者が武家方に憧れを抱く分限者《ぶげんしゃ》や大商人に御家人株を売り渡して、買い取った者の倅を跡継ぎに就けるという話は小籐次も耳にしたことがある。しかし、博奕で借財を消し去ろうというのは聞いたこともない。しかも

「賭け金」ががらくた同然の猫めし茶碗ときた。

鳶市は武家方を知らない様子だが、札差で年貢米を換金するのは旗本・御家人だ。話の様子から察するに大身旗本と思えた。

「ならば借財のある殿と札差が直《じか》に勝負をして決着をつければよかろう。なにもおくめさんが出る場面ではなかろう」

「札差は、『私どもは商人、ツボ振りで決着をつけるなどご免こうむります』と断わったと言うんだが、『もはや当家にはその策しかない、この話を呑まぬならば、一家眷属家臣とともに屋敷に火を放って死ぬ』と用人が札差を脅したそうな」

「で、おくめさんにツボ振りが回って来たのか」

「おれもさ、客の頼みだ、なんとなくな、引き受けざるを得なくなったのだよ。おくめに話したら、『お武家様の命運がかかった一番勝負、おもしろいじゃない』とあっさりと引き受けたんだがな。いつ、どこで不安を感じるようになったのかね」

「おくめさんのツボ振り代はいくらだ」

「相手側も殿様ではなくて関八州で名の知れたツボ振りを雇っているそうだ。おくめの代役料五両と札差におれが答えたんだがね、三両に値切られた」

一勝負のツボ振りに三両はなかなかの稼ぎだ。どうせ鳶市が一両は口利き料としてピンハネするのだろう、と小籐次は思った。

「おまえさんはその勝負の場に立ち会うのか」

「そこがおかしいや。相手の屋敷でさ、おくめと武家の代役のツボ振りだけで決着つけるんだと」

「武家方が勝てば、掛け金代わりの猫めし茶碗が残り、その上百両を札差から頂戴する。一方札差が勝てば、五百両の借財の代わりに猫めし茶碗を手にするが、さらに嫁入り仕度に追い銭百両を武家方に支払うのだな」

小籐次は念を押した。

「どちらにしても札差側の分が悪いが、そのお武家方と札差は長年の付き合いだ。そんなわけでよ、話の行きがかりというか勢いでよ、そうなったんだよ。酔いどれ様よ、どう考える」

「どうもこうもあるまい。馬鹿げた話だ。札差は勝っても猫めし茶碗と追い銭百両か」

「それも三つだと」

小籐次は怪しげな話が呑み込めたようでいながら、いま一つ理解がつかなかった。おくめが不安に感じたのはそのへんではあるまいか。

「おくめさんのツボ振り、断われぬのか」

「この期におよんでそりゃ無理だ。勝負は明日の四つだぜ」

小籐次は腕組みして考えた。

「おくめの倅が酔いどれ様を見込んだんだ。おれらはどっちが勝とうと負けようとなんの損もねえ。ただ、おくめを独りで行かせるのは、いささか危ないかなと、おれも考えていたところだ。酔いどれ様が乗り出してくれればさ、大船に乗った気で送り出せる」

金杉の蔦市が無責任なことを吐いた。

「おくめさんを乗り物が迎えにくるそうだな」

「おお、倅におくめが話したか、ツボ振りに武家屋敷から乗り物付きで迎えが来るんだぜ。さすがにお武家、腐っても鯛だな」

金杉の蔦市は小籐次が乗り出したことで安心したらしい、呑気なことを言った。

ツボ振りは勘と手先が鋭敏でなければ務まるまい。ましておくめの父親は、

「ツボ振り名人弥一」

と呼ばれた男だ。

その弥一から仕込まれたおくめだ。

鮮やかなツボ振り技に小籐次は魅了されていた。そんな名人の血を引いたおくめが、なにかを感じて倅に別れを告げるような真似をしたのだ。ただのツボ振り勝負に終わるまい、とおくめは考えたのか。

「猫めし茶碗の持ち主の武家方の名くらい、そなた、大番頭から聞かなかったのか」

「先祖はな、京でえらい仕事をしたお武家らしいや、板倉といったかな。ただ今の猫めし茶碗の殿様は博奕と歌詠みが道楽だそうだ」

「歌詠みだと」

「ああ、あるだろ、富士の高嶺に雪が降りけるとかなんとかよ、あの歌だ。端唄や小唄じゃねえぜ。そんでさ、猫めし茶碗はよ、緑、黄、紫とよ、なんとも派手な色合いらしいや。こりゃ、歌詠み侍、五百両どころか、一つ百文もしねえ安物を札差に押しつけようという肚だな」

金杉の鳶市が承知の話はそんなものだった。

「おれもよ、安心したぜ。おくめによ、おめえさんが従えばよ、無事に長屋に戻って来るよな。おくめのツボ振りはうちの賭場の売り物だ、客が喜ぶんだよ。そうだ、酔いどれ様がおくめを無事に長屋に連れ戻ったらよ、角樽に一分つけて礼をするぜ」

と言い足した。

どうしたものか、小籐次は思案に余った。

老中青山忠裕の密偵のおしんに力を借りるか。いや、歌詠みだと、これは別の筋かもしれぬな、と小籐次はある考えに心が乱れ、迷った。

「おくめさんとは一乗寺の賭場が一期一会と思うておったが、六郷河原で再会したのが、身の不運かもしれぬ。師走にきて、わしは望外川荘にも戻れぬ羽目に陥った」

「他人のために働くのはよ、気持ちよいもんだろうが、酔いどれ様よ。おくめを助けると思って、明晩頼まあ」

金杉の鳶市の最後の言葉を聞いて小籐次は立ち上がった。そして、茶の一杯も出なかったなと表通りで思った。

明日は大晦りだ、突然の客に茶を振る舞う暇はどこもない。だが、小籐次は他人のために用心棒を引き受けてしまった。

小籐次が、次に訪ねたのは日吉山王大権現裏の幕府歌学《かがく》方、御歌学者の家系北村舜藍《しゅんらん》の屋敷だった。つまりおりょうの実家だ。

女房の実家を訪ねることを小籐次は大いに迷った。

舜藍とお紅《こう》の夫婦にとっておりょうは自慢の娘だった。それが裏長屋暮らしの、武骨な年寄り浪人の小籐次と所帯を持ったのだ。どのような親でもそう簡単に認めるわけにはいかないことは当然だろう。

だが、赤目小籐次の武名が上がるにつれ、なんとなく舜藍はおりょうが小籐次と一緒に暮らすことを諦めた様子があった。

それにしても仕事着のまま、師走に手土産一つも持たずに御歌学者の屋敷を訪ねるのは気が引けた。

舜藍は北村家の分家の当主だ。若年寄支配下の歌学方、御歌学者北村季文が本家だ。故に幕府の歌学方は公には季文だが、幼いころから病弱のために実質的には舜藍が歌学方を勤めていた。

本家北村の家禄は五百石だ、分家は百七十五石と低い。だが、御歌学者は大名・大身旗本を門弟に持つためにそれなりの付け届けがあって、暮らし向きに困ってはいなかった。

杉皮葺きに苔が生えて風情のある屋敷の門を開けて、飛び石伝いに玄関に立った小籐次は「ご免下され」と訪いを告げた。すると奥から、

「どなたか知らぬがお上がりなされ」

と舜藍の声が応じた。

小籐次は、北村家に上がるのは初めてだ。声のしたほうに廊下を行くと鄙《ひな》びた庭に面した書院で舜藍は朱筆で門弟の歌作の添削をしていた。

「おや、珍しきご仁のご入来だな。おりょうがどうかしましたかな」

「いえ、おりょうも駿太郎も息災にしております。本日はよんどころなき事情で舜藍様のお知恵を借りに参りました」

しばし舜藍は小籐次の顔を見ていたが、

「お座りになって話してみなされ」

と応じた。

小籐次は奇妙な博奕話のすべてを語った。話を聞き終えた舜藍が、

「博奕好きで御歌好きの板倉様な、よう承知です」

とあっさりと小籐次の問いに応じた。

「それにしてもそなた、他人様のことばかりにあれこれと駆けまわっておられるな。過日も城中でご老中青山様に呼び出され申した」

「おや、ご老中とお知り合いですか」

「そなたも青山様とは昵懇じゃそうな」

「ご老中と昵懇などとは滅相もございません」

ふっふふふ、と笑った舜藍が、

「ご老中の話は私のことではなかった、そなたの話であった。ご老中は、大名諸家・旗本・御家人合わせても赤目小籐次の働きには敵わぬ。娘御はよき亭主を持たれたなと、そなたを大層褒めておられた」

小籐次は身を竦めて、

「ご迷惑をお掛け致しました」

と詫びた。

「さあて最前の話じゃがな、先祖は江戸幕府開闢の折に板倉勝重様と倅の重宗様の親子二代で五十四年にわたり京都所司代を勤められ、江戸と京都の関係の基をお造りなされた傑物です。とくに重宗様はな、在職中、裁きに臨むとき、茶臼を置き、明障子《あかりしょうじ》を閉めた座敷に座し、茶を挽《ひ》きながら心を平静に保ち、訴えを聞いたという逸話が残っておられるほど、公明正大なご仁であった。

その末裔板倉重恒様は、博奕と御歌が道楽と申されるが、御歌は博奕の隠れ蓑にござってな、直系ではないと聞いておる。まあ、直系であろうとなかろうと、先祖も泣いておられることは間違いあるまい」

と言った。

板倉重宗は、江戸幕府が京都を法治支配するための「板倉重宗二十一か条」を制定した人物だ。

「さあて、この話、どうしたものかのう」

と思案した舜藍が、

「まずそなたが板倉家に入ることが難しかろう」

小籐次はおくめをつけて最後は強引に入り込もうと考えていた。

「お屋敷はどちらにございますので」

「この近くでな、永田馬場にある」

永田馬場はただ今の国会周辺、永田町を指す。

「借財を支払えぬかわりに板倉家に伝わる猫めし茶碗を札差に受け取れと申すのならばまだしも、賭け金代わりにするという。先祖が京都で集めた品の価値も子孫は分らぬと見た」

「猫めし茶碗に価値がございますので」

「見たわけではないのでなんともいえぬ。そなたらが言うように猫のめし用の茶碗か、はたまた異国の品か。緑、黄、紫の色釉《いろぐすり》がかけられた茶碗というたな」

舜藍は小籐次の分らぬことを言った。

「と、聞きました。また聞きゆえ間違いがあるやも知れませぬ」

「いや、意外や意外かもしれぬ」

と答えた舜藍が、

「女ツボ振りのおくめは業師じゃな」

「それがし、博奕は素人ですがなかなかの腕前にございます。おくめが本気を出せば、相手がだれであろうと負かせましょう」

「婿どの」

と舜藍が小籐次を呼んだ。

小籐次は思いがけず、いくつか年下の舅から婿どのと呼ばれて、また身を竦めた。

「おくめにな、然るべき勝負所で負けなされ、とお伝え下され」

「はっ、おくめに負けよと申すのですか」

「話を聞くだに勝とうと負けようと板倉家に都合のよき話ではございませんか。負けたほうがおくめと大番頭どのが無事に板倉邸を出ることができるのではございませんか」

「そうなれば札差は五百両の借財は帳消しにされ、その上百両の嫁入り費えを上乗せすることになります」

「それでよいのです。命には代えられません」

と答えた舜藍が、

「板倉どのに私が書状を認《したた》めますでな、明日、それがあれば板倉屋敷にそなたが入ることができましょう」

「おくめは負けるのですな、ならば事がなにも起きますまい」

「札差には五百両の借財と百両の上乗せ分を猫めし茶碗にて受け取ったという証文を取るように忠言しなされ」

と舜藍が言った。

小籐次は舜藍の言葉が理解つかぬままに首肯していた。

三

大晦りの朝、小籐次は新兵衛長屋で目を覚ました。

永田馬場の板倉邸へ訪れる刻限まで時間があった。そこで久慈屋でやり残した研ぎ仕事をさせてもらうことにした。

小舟を久慈屋の船着場に着けたとき、荷運び頭の喜多造らが一年使った荷船の掃除を始めていた。中にはすでに手入れと掃除を終えた荷船もあり、その舳先には正月飾りが付けられていた。

「赤目様、今朝はえらく早うございますな」

「新兵衛長屋に泊まったでな、為すこともないゆえ早々にこちらにお邪魔した」

と応じた小籐次が、河岸道に上がると、久慈屋の奉公人らが店の内外を丁寧に掃除していた。

一年のすす払いは、すでに月半ばに終えていた。

「おや、大晦りも働かれますか」

大番頭の観右衛門が帳場格子を動かして手代の国三を手伝わせて、いつも以上に丁寧に掃除をしていた。

「いよいよ今年も残り一日になりましたな」

「最後の締めはうちですか」

「今年も一年世話になり申した。夕方までこちらで仕事をさせていただく」

小籐次の言葉を聞いた国三がさっと動いて研ぎ場を店の土間の一角に設えてくれた。

小籐次の声が聞こえたか、おまつが茶を運んできた。

観右衛門と小籐次にだ。

若旦那は奥で家族と朝餉をとるので未だ店には姿を見せていない。

「酔いどれ様よ、まさか年越しを新兵衛長屋で迎えようなんて、馬鹿げた考えはねえだね」

おまつが在所訛りで質した。

「おや、おまつさん、わしが新兵衛長屋に泊まったことを承知か」

「ああ、偶さかうちの亭主がよ、酔いどれ様が新兵衛長屋に向う姿を見ていただ。あの刻限から須崎村に戻ってまた出てきたちゅうことはあるめえ」

「お見通しだ。ふだんの行ないが悪いせいか大晦日まで働くことになった」

小籐次は店の上がり框に腰を落ち着けておまつが淹《い》れた茶を喫して目を覚ました。その傍らに観右衛門も茶碗を手に腰を落ち着け、

「髪結いのおくめさんの一件、今年じゅうにカタが付きますか」

と尋ねた。

「ということです。なんの因果かあれこれと用事が土壇場まで押し寄せてきますな」

「情けは人の為ならずでございますよ」

「その分、おりょうに苦労をかけます」

と殊勝な言葉を口にした小籐次の顔から、視線を帳場格子を丁寧に雑巾で拭う国三に移し、

「朝餉の前にひと働きなさるお積もりのようだ。手代さん、赤目様に道具をお渡しなされ」

と命じた。

昨日、北村舜藍の屋敷で小籐次は夕餉を馳走になった。板倉重恒に宛てた文を認めると舜藍が小籐次を引き留めたのだ。

御歌学者の質素ながら清雅な暮らしぶりは、凛とした趣が屋敷じゅうに漂って

いた。そんな北村邸で小籐次は、まさか夕餉を頂戴するとは夢にも考えなかった。

「おりょうに断わってこちらに伺ったわけではございませぬ。文を頂ければすぐにお暇《いとま》します」

と遠慮する小籐次を姑にあたるお紅も、

「天下の酔いどれ様が、わが屋敷に見えるなど滅多にあることではございませんｊ」

と引き留め、師走の一刻小籐次と舜藍、お紅の三人して初めて忌憚《きたん》のない話をあれこれと交わすことになった。

そんなわけで新兵衛長屋に戻ったのが四つの刻限であった。

茶を喫し終えた小籐次は早速研ぎ場に座り、仕事にかかった。半刻余り仕事を続けたところで、朝餉に呼ばれた。

さらに朝餉のあと、再び研ぎ場に戻ると、小籐次の研ぎ場にも小さな正月飾りが飾られて、その前に読売屋の空蔵が待っていた。そして、小籐次の顔を見ると、

「おかしい」

と呟いた。

「研ぎ屋が研ぎ仕事をする、どこがおかしい」

「なんぞ魂胆がありそうだ」

読売屋の空蔵はさすがに勘がいい。小籐次の行動に訝しいものを感じ取ったらしい。

「年も押し詰まってなんぞやらかすつもりだな」

小籐次は空蔵の追及をはぐらかそうと考えたが、

「待てよ」

と己に言い聞かせ、しばし沈思して、

「今晩五つ半（午後九時）の刻限、永田馬場の板倉様の屋敷に来てみよ。なんぞ話が拾えるかもしれぬ」

「その板倉屋敷でよ、なにがあるんだ」

「それはその場の楽しみにせよ」

「おめえさんも板倉様の屋敷に行くんだな」

小籐次が黙って頷いた。

「ただしそなたの命はそなたが守れ。わしは他の用事があるでな」

「武家屋敷か」

空蔵が呟き、忍び込む方策を考えているのかしばし黙り込んだ。

よし、と手を打つと、

「酔いどれ小籐次がそこまでいうんだ。年明け早々派手な花火を打ち上げるネタだよな」

「さあてな、ただし主役はわしでないぞ」

「酔いどれ小籐次じゃねえ。でもおまえさんが絡む話だよな、ならばなんとでもでっち上げられる」

と言い放った空蔵が立ち上がった。

いくら武家方の暮らしが苦しいとはいえ、幕閣を勤めた一族の末裔が博奕で五百両もの借財を帳消しにし、その上百両もの金子を稼ごうとする卑しい魂胆にお灸をすえてやろうと、小籐次は思い付いたのだ。

ともあれこの話、金杉の鳶市が言った、

「猫めし茶碗」

がいかなる代物かにかかっていた。

(ただの猫めし茶碗か、異国からきた茶碗か)

どっちにしろ、空蔵ならば話を面白おかしゅう書こうと思った。

芝口橋には朝の間だというのにすでに大勢の人びとが行き来していた。泣いても笑っても文政七年はこの一日で終わるのだ。

(こちらは借財を賭けで帳消しにする手伝いか)

と自嘲した小籐次は、

(さあておくめをどう説得したものか)

研ぎの手を休めることなく最後の思案をしていた。


大晦りの五つ半、永田馬場は森閑としていた。

小籐次はその界隈でひと際目立つ板倉邸の前に立ち、潜り戸の前で、

「申し、御門番様、お願い申す」

と声をかけた。

「何者か、本日当家は多忙を極めておる。掛取りは明日にせよ」

と断わり慣れた言葉が返ってきた。

板倉邸では出入りの商人に未払いの金子を抱えているのが、門番の慣れた断わりの口調で察せられた。

両隣の屋敷は常夜灯の灯りに、ぴかぴかに磨かれ、新年を迎える仕度が整っているのが見てとれるのに、板倉邸の表門は傾き、荒れ果てた塀の内からは殺気の

ような緊張が漂っていた。

「掛取りではございませぬ。御歌学者北村家より板倉の殿様に宛てられた書状にございます」

小籐次の声に通用口が開き、竹棒を突き、腰に差した次直をお仕着せの半纏で隠して小者姿に身をやつした小籐次が書状を差し出した。

「受け取った」

と中に控える家臣が言い、書状に手をかけた。

「いえ、主から返書を頂戴して参れと命じられております」

「なに、面倒な、今宵はどこの屋敷も多忙じゃぞ」

と若い家来がぶつぶつ呟き、中に入れ、とそれでも小籐次を門内に入れてくれた。

「この場にて待て」

と家来が消えた。

小籐次は玄関前に篝火《かがりび》が仕度されているのを見て、荒れた板倉邸の庭の暗闇へと姿を消した。

小籐次は知らなかったが、既に読売屋の空蔵が築地《ついじ》塀《べい》の破れた箇所から板倉家に忍び込み、床下か天井裏か迷った末に、梯子が掛かっていたのをよいことに天井裏に灯り取りから入り込んでいた。

一方小籐次は、灯りが煌々と点った座敷が見える庭の一角に身を潜めていた。

書院と思しき座敷の真ん中に白布を張った盆莫蓙《ぼんござ》が設えられているのが遠目に見えた。

板倉邸ではしばしば賭場を開いているのが、家臣たちや女中衆の動きに如実に表れていた。

四つの時鐘がどこからともなく響いてきた。

すると盆莫蓙の書院に何人かの侍姿の者が現れた。

小籐次は、武家奉公風に身形《みなり》は変えているが、関八州を渡り歩く剣術家崩れであろうと推量した。

小太りの武家が姿を見せた。この者が板倉家の当主重恒であろうか。

「札差の伊勢甚は来ておるか」

「殿、いつもの大番頭の橋蔵が、なんと女ツボ振りを伴っております」

「なに、女ツボ振りじゃと、若い女子か」

「いえ、年寄りです」

と家来が答え、その場に一人だけ交じった壮年の渡世人に、

「陽吉、相手は年寄り女じゃそうな。負けるでないぞ」

と言った。

ツボ振り稼業の酸《す》いも甘いも知った風の渡世人が、へえ、と頭を下げた。

書院の床の間の飾り棚に鮮やかな「猫めし茶碗」が飾られて見えた。猫めし茶碗三つと思われたものは、茶碗、香合、花入れの組み合わせだった。いずれにしても「猫めし茶碗」同様の安物と思えた。

用心棒侍が姿を消した。板倉家ではなにがなんでも札差の借財を今晩じゅうに帳消しにして百両をふんだくる気配だ。

廊下に札差伊勢甚の大番頭と、おくめが歳を感じさせない粋な形で姿を見せた。最初に盆茣蓙の設えられた書院に入ったのは、伊勢甚の大番頭橋蔵一人だけだ。

板倉側のツボ振りの陽吉は、いったん隣り座敷に姿を消すと、真っ白な六尺褌《ふんどし》に腹にもきりりと晒布《さらし》を巻いた姿を見せた。

その背中には艶やかな天女像と散華《さんげ》の入れ墨が、煌々と照らされた行灯の灯りに浮かび上がっていた。

「橋蔵、予《かね》てよりの約定じゃ。勝負は一回かぎり、相手方のツボ振りが出したと

同じ数字の目が出ぬときは負けだ」

板倉重恒が改めて命じた。

空蔵は書院の天井板をわずかにずらして盆茣蓙を見た。籐で編んだツボと賽子《さいころ》が六つ、置かれてあった。

「分りました」

と橋蔵が言い、おくめを呼んだ。

板倉方のツボ振り、陽吉がおくめの顔を見て息を呑んだ。

「これはこれは、おくめさんがわっしの相手ですかえ」

「天女の兄さんかえ」

胴元の席に座った板倉が驚いて、

「陽吉、そなたら、知り合いか」

「へえ、髪結いのおくめさんは名人と言われた弥一父つぁんの血を引いた女ツボ振りでございましてね、一時は江戸の賭場を沸かした凄腕ですよ」

「ツボ振りのおくめとな」

板倉もその名を承知の様子だった。

小籐次はそのとき、縁の下に身を移して潜んでいた。

「殿様、わっしもおくめさんもツボ振りの仁義は承知でございますよ。今晩、お互いの雇主のために死力を尽くす、それでようございますな」

「死力を尽くすでは足りぬ。勝て、勝つのじゃ」

と板倉が天女の陽吉に険しい顔で命じた。

陽吉が黙って頷いた。

空蔵は、おくめが座に就くのを見ていた。

「おくめさん、どうぞ」

天女の陽吉が年上のおくめにツボと賽子を調べるように命じた。軽く頷いたおくめがツボを見て、一つずつ賽子を投げ入れ、なんの構えもせずに盆茣蓙に伏せ、ツボを上げた。一《ぴん》の目がすべて揃っていた。次に陽吉がおくめに倣ってツボを振った。こちらも一の目揃いだ。

「橋蔵、真剣勝負ぞ」

と板倉が言い、陽吉を見た。

陽吉がツボを振り、六のぞろ目を出した。おくめが交代して、陽吉が出した六のぞろ目を出した。

一拍間を置いたおくめが六つの賽子をツボに投げ入れ、軽く盆茣蓙においた。

一、二、三、四、五、六の順番に揃っていた。
「どうぞ、陽吉さん」

ツボと賽子が陽吉に渡り、なんなく一から六の順に出した。

淡々とした勝負は、半刻、一刻と続いた。

天女の陽吉の顔が紅潮してきた。一方おくめは、最初から顔色一つ変わらなかった。

いつの間にか九つ（午前零時）の刻限が迫り、煩悩を振り払う百八つを数える除夜の鐘がどこからともなく響いて来た。

板倉も橋蔵も陽吉とおくめの勝負を固唾を呑んで見守っていた。天井裏の空蔵も縁の下の小籐次も目と耳に感じ取っていた。

百七つの鐘の音を数えたとき、陽吉が二のぞろ目を出し、おくめに番を回した。

おくめは百八つめの音を聞いたあと、しばし間をおいてツボに六つの賽子を投げ入れた。

ごーん
と余韻を響かせた煩悩の鐘が鳴り、おくめが静かにツボを盆茣蓙に伏せた。

一拍の間。

おくめの手がツボを上げた。

「嗚呼《ああ》」

と橋蔵が悲鳴を上げた。

盆茣蓙の上の六つの賽子は、二の目が五つ、そして五の目が一つ出ていた。

「おお、橋蔵、借財はこれで消えたな」

と板倉が喜びの声を上げ、

「百両を出せ」

と迫った。

しばし黙っていた橋蔵が、

「板倉の殿様、負けましてございます。ここに二百両ございます、お姫様の嫁入り仕度の費えにして下され」

「話が分るではないか」

「殿様、一つお願いがございます」

「なんだ」

「主に申し開きが立ちませせぬ。殿様の賭け金代わりの品々を頂戴するわけには参りませんか」

「なに、わしの賭け金代わりの茶碗、香合、花入れ三つがほしいてか。今だから申すがどこの骨董屋も引き取らぬほどの珍品じゃぞ、それを承知ならば持って参れ」

板倉が床の間に飾られた緑、黄、紫が入り混じった品を雑に摑み、橋蔵に渡した。

「殿様は骨董屋も避ける品を賭け金代わりになされましたか」

橋蔵が恨めしそうに言った。

「橋蔵、博奕はな、騙し合いじゃ。札差も商売人であろうが。それに乗った伊勢甚が愚かなのよ」

橋蔵が悔しそうに顔を歪ませて、しばし沈黙した。そして、言い出した。

「今一つお願いがございます」

「なんだ」

「今晩の勝負、後々揉め事になってはいけませせぬ。殿様、勝負は決着し、五百両の借財と二百両の代わりにこの三つを手前どもが貰い受けた書付を認めて下され、主への言い訳にございます。そののち、私は大番頭を辞めることになりましょうがな。せめて最後のご奉公にございます」

「よし」

と満足げな表情で板倉重恒が立ち上がった。

四

その刻限よりも二刻半以上も前のことだ。

須崎村の望外川荘に駿太郎が弘福寺の本堂道場から戻ってきて、

「母上、お腹が空きました」

と訴え、

「おや、父上は未だ戻っておられませぬか。昨日も戻られぬ、今日は大晦日というのにお戻りなしか」

と自問自答するようにおりょうに尋ねた。

「今晩は、遅くなりましょうがお戻りです。なんと昨日は、わが実家で夕餉を馳走になられたそうです」

おりょうが驚きと喜びの表情で駿太郎に告げた。

「えっ、父上が母上の実家をお訪ねになられたのですか」

駿太郎にとっても思いがけない言葉だった。

「そのようです。本日、使いが望外川荘を訪れ、父上の文を届けて来ました。その中に正月には夫婦で駿太郎を伴い、訪ねて来よとも認めてありました」

えっ、と驚いた駿太郎が思案する顔をした。

北村舜藍、お紅と娘のおりょうの間には、おりょうが小籐次と所帯を持ったことで、齟齬《そご》が生じていた。仲たがいしたわけではないが、未だわだかまりがあるのも事実だ。ためにおりょうは小籐次や駿太郎の二人と屋敷を訪ねることなく、文の交換で親子の仲を保っていた。

「父上はなにをしに母上の実家にお出でになったのですか」

駿太郎が当然の疑問を発した。

「駿太郎、わが北村家は私の生まれた屋敷です、私が娘であることは変わりありません。わが亭主どのが父上の屋敷を訪ねられたところで不思議はございますまい」

おりょうが答えた。

だが、駿太郎の疑問は当然だった。自慢の娘が大きく歳の離れた浪人者と所帯を持ったのだ。おりょうの器量と才があればどのような相手でも探し得ただろう。

だが、娘自ら選んだのは裏長屋に暮らす研ぎ屋だった。

「これまで訪ねられたことがあるのですか」

「ないことはありません」

しばし沈黙していた駿太郎が、

「母上の父上と母上ですね。駿太郎にとってどのようなお方ですか」

「血のつながった間柄ではありません。されどおりょうの倅が駿太郎ならば、当然北村の両親は駿太郎の祖父祖母です」

「そうか、母上の親ならば駿太郎にとって爺様《じじ》婆様《ばば》か、そう考えてよいのですね」

「むろんです」

「父上は年の瀬の挨拶に参られたのですか」

「いいえ、御用です。父上もそのことは文に触れてはございませんでした。ただ、『そなたの眼は確かであった。赤目小籐次は当代の英傑、他人のために大晦日だというのに駆け回る姿を目の当たりにして、私たち夫婦の心がいかに狭かったかがよう分った』と認められてございました」

おりょうの顔はなんとも嬉しそうだった。駿太郎はこのような母の顔を見たことがないと思った。

「そうか、駿太郎には爺様と婆様がいたのか。正月にはみんなで訪ねてよいのですね」

破顔した駿太郎の念押しにおりょうが大きく頷いた。

除夜の鐘が鳴り終わって四半刻後、伊勢甚の大番頭橋蔵が苦虫を嚙み潰した顔でなんとも情けなさそうなおくめを伴い、板倉邸の脇門を出てきた。

二人は黙々と永田馬場を溜池に向って歩き出した。

重い沈黙の二人に尾行者があった。それとは別に橋蔵とおくめに隠れて従う者がいた。小籐次だ。

「大番頭さん、今宵は大晦り、いえ、もはや新年ですね。日吉山王大権現に立ち寄りたいのですが」

おくめが橋蔵に願った。

「おくめさん、私はとても初詣などする気は起こりません。なにしろおまえさんの負けで五百両の借財はちゃらにされ、盗人《ぬすっと》に追い銭のように二百両まで付けたのです。おまえさんの手の捌《さば》き一つで、かように派手な茶碗三つと替わりました。

おまえさんの腕は確かと仲立ちした者は言ったのですがな。旦那様になんと言い訳すればよいのか。このような風呂敷包みに化けました」

橋蔵が提げていた風呂敷包みをおくめの前に突き出して見せた。

「初詣ではございません。さるお方の考えです」

おくめがなんとか説得して橋蔵を日吉山王大権現に屋敷の一部が接した北村家に連れていった。橋蔵は、

「こちらはどなたのお屋敷です」

と怪訝な顔でおくめに質した。

おくめは今朝方、いや、昨日のことだ。小籐次の訪いを受けて、博奕の駆け引きを為したあと、負けにせよと懇々と説かれていた。

「大金が掛かった勝負ですよ。私の名はいいにしても死んだお父つぁんの名声まで汚すことになる、わざと負けろだなんて」

とおくめが抗った。

「おくめさん、負けるが勝ちということもある。酔いどれ小籐次の言を信じて己の信念を曲げてくれぬか」

おくめが迷った末に呟いた。

「おまえさまには恩義があるからね」

そんなわけでおくめが札差伊勢甚の大番頭を御歌学者北村舜藍邸に誘ったのだ。

その間に尾行者は二人の姿を見失った。

武家屋敷はどこも森閑としていた。

二人をさらにつけた小籐次が、尾行者の注意を引く物音を立てたために見失っていた。

「こちらはどなたのお家です。まさかこの派手派手しい茶碗を売り払おうというのではございますまいな」

北村家の前で橋蔵がおくめに囁いた。

「いえ、違いますよ。とはいえ、私にもこの先はさっぱり分りません」

おくめが灯りの点った北村邸をおずおず覗き込むと、

「ささ、こちらへ」

と北村邸に長年奉公する男衆が玄関へと招いた。

おくめも橋蔵も事情が分らないままに屋敷の奥へと招じ上げられた。

小籐次が作った「ほの明かり久慈行灯」が二つ点された書院に北村舜藍ともう一人茶人風の人物が待ち受けていた。

「おくめ、じゃな。そちらは札差伊勢甚の大番頭橋蔵」

「いかにも私は伊勢甚の大番頭にございます。そして、この女はツボ振りのおくめです」

と橋蔵が訝しげな声音で応えた。

御歌学者の北村舜藍が名乗り、もう一人の人物を、

「庄司香庵」

とだけ橋蔵とおくめに紹介した。だが、橋蔵には庄司香庵が何者か察しもつかなかった。おくめはただ恐縮の体で沈黙を続けていた。

「賭けで負けて得た道具を見せてもらいましょうかな」

御歌学者が事情をすべて承知していることに驚きながらも、橋蔵は風呂敷包みを差し出した。

「これ、そのように粗雑に扱ってはなりませんぞ」

と橋蔵に注意した北村舜藍が板倉邸で負けた七百両の代わりに頂戴してきた器が包まれた風呂敷を丁寧に解いた。

三つの古びた箱が出てきて、舜藍が、その三つを茶人風の宗匠の前に差し出した。

「ご鑑定を、香庵様」

香庵と舜藍が一つずつ年季の入った箱書きを鑑定し、静かに蓋を開いて道具を取り出した。

その瞬間、

「ほう」

という驚きの言葉が香庵の口から漏れた。その手には黄色と紫色の色釉がかかった茶碗があった。

心の底から漏れた感動の吐息だった。

「どう思われますな、舜藍どの」

舜藍が手にした緑、黄、紫の色釉が大胆に混じりあう香合を、ほの明かり久慈行灯の灯りでしげしげと眺め、

「本物の交趾《こうち》の香合に間違いなかろうと思います」

と言った。

交趾はただ今の越南、ベトナムのことだ。この地で焼かれる焼き物は交趾焼と呼ばれ、交趾の交易船で和国にもたらされた。色鮮やかな交趾焼は、特に香合は高く評価され、珍重された。

「舜藍どの、唐《から》の国の南部で造られ、交趾で売りに出されたあと、船で日本に運ばれてきた幻の『三色交趾《さんしよく》』の一組に間違いございませんな」

と香庵が昂奮を抑えきれない顔で言い足した。

最後の三つめは花入れだった。

「ああ、これは見事」

香庵が嘆息した。

花入れは一見華やかに見えたが渋みもあって、主役の花を立てる造りになっていた。

舜藍と宗匠は三つの茶器を代わる代わる愛《め》でて感嘆の声を上げた。

「お尋ね申します。この派手派手しい焼き物になんぞ曰くがございますので」

「大番頭どの、この三つの茶器はな、香合、茶碗、花入れです。明の時代、南の地の窯《かま》で焼かれた『交趾』と称する器でな、香合、茶碗、花入れと三つ揃った『緑黄紫三色交趾《りよくおうし》』は、もはや和国に残っておるまいと思われておりました。それがかような無傷で出てくるとは、夢のような話ですぞ」

「あのう、これらの猫めし茶碗はいくらか値が付きますか」

おくめが怖ず怖ずした口調で、二人に尋ねた。「猫めし茶碗」と言い出したのは、金杉の鳶市だ。

「猫めし茶碗な」

と苦笑いした香庵が、

「箱書きがよい。千家の手跡で交趾の本物と認めておる。値か、三つ揃って二千両、いや、三千両でも取引きされるやも知れぬ」

と言うのに橋蔵もおくめも言葉を失い、しばし茫然とした。気を静めた橋蔵が、

「三千両の値がする猫めし茶碗でございますか」

「だれが言うたか、猫めし茶碗な」

舜藍が笑った。

「これはうちの道具でございますな」

「さよう、おくめさんが負けたせいで手に入った『緑黄紫三色交趾』に間違いない。大事になされ。われら、おくめさんのお蔭で眼福に与った」

舜藍はそう言いながら、第一の功労者は赤目小籐次だなと考えていた。

そんな北村家の庭に空蔵が潜んでいて、こちらも言葉を失っていた。

そのとき、小籐次は日吉山王大権現に接した別当観理院の門前にいた。

「あやつら、どこに行きおった」

と声を荒らげた三人の侍が小籐次の前に姿を見せた。板倉家に雇われていた用心棒侍らだ。

「爺、風呂敷包みを提げた男と女を見かけなかったか」

板倉邸にいた用心棒侍の一人が、暗がりに立つ小籐次に尋ねた。

「そのほうら、板倉重恒に飼われた用心棒じゃな」

「うむ」

三人が訝しげに小籐次を見た。

「勝負は終わった。これ以上、騒ぎ立てると板倉家はお家断絶、主は腹を斬ることになるぞ」

「殿様が先祖伝来の器に心が残ると申されてな、取り戻すのだ。爺、あやつらの行き先を承知なれば、教えよ」

「都合のよきことよのう」

「なに、そのほう何者だ」

「おぬしらが言うようにただの爺侍よ」

「怪しげな」

「そもそも不埒なのはそのほうらの雇い主よ」

「おのれ」

一人が刀の柄に手を掛けた。

そのとき、北村家から姿を見せた読売屋の空蔵が騒ぎと出くわすことになった。

「おお、新年早々首が三つ飛ぶか。こうこなくちゃ、新年の読売じゃねえよな。派手にやんなやんな」

嗾《けしか》ける空蔵の言葉に、

「新年早々、神社仏閣の前を血で穢《けが》すのは憚られる。地獄に落ちていかぬことを感謝せよ」

小籐次の言葉に、柄に手を掛けていた用心棒侍が抜き打ちで小籐次に斬りかかった。

次の瞬間、ふわり、と躍った小籐次の手の竹棒が相手の喉元を突き、さらには慌てて刀を抜いた二人め、三人めの喉を次々と突き上げるとその場に倒した。

一瞬の早業だった。

空蔵には寺から漏れる常夜灯の灯りで、小籐次が夜風に溶け込んだように動いたことしか見えなかった。

「酔いどれ様、こやつら、どうするよ」

空蔵が姿を見せて小籐次に聞いた。

「竹棒を持っておれ」

空蔵に渡した小籐次が用心棒侍の抜身の一つを手にとり、髷《まげ》を根元からばさりばさり、と切り取ってざんばら髪に変えた。さらに三人の刀を路傍に置かれた石に叩きつけて曲げた。

「これで板倉邸には戻れまい」

「用心棒がこの頭じゃな、どうにもなるまいな」

と応じた空蔵が、

「あのよ、奇妙な勝負によ、あんな理由が潜んでいたとはよ。茶道具三つが三千両だってよ、ぶっ魂消たぜ」

「ほう、三千両と鑑定されたか」

「なんでも交趾なる異国から渡って来た珍奇な茶道具『緑黄紫三色交趾』といってな、一つ千両で三つ合わせて三千両だとよ」

空蔵の声が震えていた。

「板倉のご当主も見る目がないのう。博奕のやり過ぎで黄金色にしか目がいかぬと見える」

小籐次が笑った。

「ツボ振りおくめの負けに隠された三千両の謎か、背後に控えるは酔いどれ小籐次となればよ、正月早々江戸を賑わすぜ」

「わしの名はよい。一代の大負け勝負でツボ振りおくめさんをな、正月早々派手に売り出してくれぬか」

小籐次の言葉に空蔵が首をひねり、

「酔いどれ小籐次の名がなければ、大ネタにならねえよ。だれだ、猫めし茶碗だなんて言い出したのは」

「ものを知らぬということは恐ろしいことよ」

と小籐次が呟いた。


夜明け前、小籐次は小舟の櫓を操り、大川を遡っていた。

湧水池の船着場に到着したのは、六つ前のことだ。東の方角から池越しに初日が上って来た。

力強い新年の日輪だった。

小籐次は小舟に立ち上がると、柏手を打った。

「本年が平穏な年でありますように」

小籐次の口からこの声が漏れ、

「父上、お戻りでしたか」

駿太郎の声と共に望外川荘に続く雑木林の中からまずクロスケが飛び出してきて、駿太郎とおりょうが姿を見せた。

「よう、わしが帰ってきたのが分ったな」

「初日の出を拝みに参ったのです」

と応じた駿太郎が、

「母上、早く早く」

と船着場におりょうを誘《いざな》った。

小舟を舫った小籐次は船着場に上がり、一家三人で改めて真っ赤に燃える新春の日輪に拝礼した。

「おまえ様、今年も宜しく願います」

「こちらこそ」

と小籐次が応え、

「父上、朝湯を百助さんが沸かしました」

と言いかけた駿太郎が、

「ああ、そうだ。よもぎのおそのさんが親御さんと昨日挨拶に見えましたよ。すっかり元気になっていました」

「おお、おそのさんがな、気丈な娘だったからな」

「父上に会いたがっておいででした」

と駿太郎が言い、おりょうが言葉を添えた。

「正月明けに料理茶屋よもぎが再開するそうです。その初客としてわが一家をお招きくださるそうです」

「うーむ、今年は年明け早々、おりょうの実家を訪ねねばならぬ。その上、よもぎにお招きか。忙しいのう」

「はい。おまえ様はそのようなお人なのです」

「去年の汗を年越しさせた爺が今年も多忙か」

ふっふっふふ

と笑ったおりょうが、

「おまえ様、その汗を私が洗い流して差し上げます」

と言った。

「いや、正月くらい駿太郎と男同士で湯に浸かろうか」

「父上、お言葉ですが、駿太郎は本堂道場で初稽古を致します。父上と母上は仲良く今年初めての湯に浸かって下さい」

と言い残した駿太郎が弘福寺の本堂道場に走っていき、クロスケが従った。

船着場に残された小籐次におりょうが手を差し伸べて握り、

「明けましておめでとうございます」

と新年の挨拶をなした。

「静かな新年目出度いな」

と小籐次が慶賀を返し、二人して肩を並べて望外川荘へと向った。

この作品は文春文庫のために書き下ろされたものです。

文春文庫

定価はカバーに
表示してあります

大《おお》晦《つごも》り
新《しん》・酔《よ》いどれ小籐次《ことうじ》（七）

2017年2月10日　第1刷

著　者　佐《さ》伯《えき》泰《やす》英《ひで》
発行者　飯窪成幸
発行所　株式会社　文藝春秋

東京都千代田区紀尾井町3-23　〒102-8008
TEL 03・3265・1211
文藝春秋ホームページ　http://www.bunshun.co.jp

落丁、乱丁本は、お手数ですが小社製作部宛お送り下さい。送料小社負担でお取替致します。

印刷・凸版印刷　製本・加藤製本

Printed in Japan
ISBN978-4-16-790783-9

佐伯泰英
文庫時代小説
全作品チェックリスト

2017年2月現在
監修／佐伯泰英事務所

掲載順はシリーズ名の五十音順です。品切れの際はご容赦ください。

どこまで読んだか、チェック用にどうぞご活用ください。
キリトリ線で切り離すと、書店に持っていくにも便利です。

佐伯泰英事務所公式ウェブサイト「佐伯文庫」 http://www.saeki-bunko.jp/

キリトリ線

居眠り磐音 江戸双紙 いねむりいわね えどぞうし

双葉文庫

- □① 陽炎ノ辻 かげろうのつじ
- □② 寒雷ノ坂 かんらいのさか
- □③ 花芒ノ海 はなすすきのうみ
- □④ 雪華ノ里 せっかのさと
- □⑤ 龍天ノ門 りゅうてんのもん
- □⑥ 雨降ノ山 あふりのやま
- □⑦ 狐火ノ杜 きつねびのもり
- □⑧ 朔風ノ岸 さくふうのきし
- □⑨ 遠霞ノ峠 えんかのとうげ
- □⑩ 朝虹ノ島 あさにじのしま
- □⑪ 無月ノ橋 むげつのはし
- □⑫ 探梅ノ家 たんばいのいえ
- □⑬ 残花ノ庭 ざんかのにわ
- □⑭ 夏燕ノ道 なつつばめのみち
- □⑮ 驟雨ノ町 しゅううのまち
- □⑯ 螢火ノ宿 ほたるびのしゅく
- □⑰ 紅椿ノ谷 べにつばきのたに
- □⑱ 捨雛ノ川 すてびなのかわ
- □⑲ 梅雨ノ蝶 ばいうのちょう
- □⑳ 野分ノ灘 のわきのなだ
- □㉑ 鯖雲ノ城 さばぐものしろ
- □㉒ 荒海ノ津 あらうみのつ
- □㉓ 万両ノ雪 まんりょうのゆき
- □㉔ 朧夜ノ桜 ろうやのさくら
- □㉕ 白桐ノ夢 しろぎりのゆめ
- □㉖ 紅花ノ邨 べにばなのむら
- □㉗ 石榴ノ蠅 ざくろのはえ
- □㉘ 照葉ノ露 てりはのつゆ
- □㉙ 冬桜ノ雀 ふゆざくらのすずめ
- □㉚ 侘助ノ白 わびすけのしろ
- □㉛ 更衣ノ鷹 きさらぎのたか 上
- □㉜ 更衣ノ鷹 きさらぎのたか 下
- □㉝ 孤愁ノ春 こしゅうのはる
- □㉞ 尾張ノ夏 おわりのなつ
- □㉟ 姥捨ノ郷 うばすてのさと
- □㊱ 紀伊ノ変 きいのへん
- □㊲ 一矢ノ秋 いっしのとき
- □㊳ 東雲ノ空 しののめのそら
- □㊴ 秋思ノ人 しゅうしのひと
- □㊵ 春霞ノ乱 はるがすみのらん
- □㊶ 散華ノ刻 さんげのとき
- □㊷ 木槿ノ賦 むくげのふ
- □㊸ 徒然ノ冬 つれづれのふゆ
- □㊹ 湯島ノ罠 ゆしまのわな
- □㊺ 空蝉ノ念 うつせみのねん
- □㊻ 弓張ノ月 ゆみはりのつき
- □㊼ 失意ノ方 しついのかた
- □㊽ 白鶴ノ紅 はっかくのくれない
- □㊾ 意次ノ妄 おきつぐのもう
- □㊿ 竹屋ノ渡 たけやのわたし
- □(51) 旅立ノ朝 たびだちのあした

【シリーズ完結】

キリトリ線

キリトリ線

□シリーズガイドブック「居眠り磐音 江戸双紙」読本（特別書き下ろし小説・シリーズ番外編「跡継ぎ」収録）

□居眠り磐音 江戸双紙 帰着準備号 橋の上 はしのうえ（特別収録「著者メッセージ＆インタビュー」「磐音が歩いた『江戸』案内」「年表」）

□吉田版「居眠り磐音」江戸地図 磐音が歩いた江戸の町（文庫サイズ箱入り）超特大地図＝縦75㎝×横80㎝

鎌倉河岸捕物控 かまくらがしとりものひかえ　ハルキ文庫

□① **橘花の仇** きっかのあだ
□② **政次、奔る** せいじ、はしる
□③ **御金座破り** ごきんざやぶり
□④ **暴れ彦四郎** あばれひこしろう
□⑤ **古町殺し** こまちごろし
□⑥ **引札屋おもん** ひきふだやおもん
□⑦ **下駄貫の死** げたかんのし
□⑧ **銀のなえし** ぎんのなえし
□⑨ **道場破り** どうじょうやぶり
□⑩ **埋みの棘** うずみのとげ
□⑪ **代がわり** だいがわり
□⑫ **冬の蜉蝣** ふゆのかげろう
□⑬ **独り祝言** ひとりしゅうげん
□⑭ **隠居宗五郎** いんきょそうごろう
□⑮ **夢の夢** ゆめのゆめ
□⑯ **八丁堀の火事** はっちょうぼりのかじ
□⑰ **紫房の十手** むらさきぶさのじって
□⑱ **熱海湯けむり** あたみゆけむり
□⑲ **針いっぽん** はりいっぽん
□⑳ **宝引きさわぎ** ほうびきさわぎ
□㉑ **春の珍事** はるのちんじ
□㉒ **よっ、十一代目！** よっ、じゅういちだいめ
□㉓ **うぶすな参り** うぶすなまいり
□㉔ **後見の月** うしろみのつき
□㉕ **新友禅の謎** しんゆうぜんのなぞ
□㉖ **閉門謹慎** へいもんきんしん
□㉗ **店仕舞い** みせじまい
□㉘ **吉原詣で** よしわらもうで
□㉙ **お断り** おことわり

□シリーズガイドブック「鎌倉河岸捕物控」読本（特別書き下ろし小説・シリーズ番外編「寛政元年の水遊び」収録）

□シリーズ副読本 **鎌倉河岸捕物控 街歩き読本**

空也十番勝負 青春篇《くうやじゅうばんしょうぶ せいしゅんへん》

双葉文庫

□① 声なき蝉《こえなきせみ》 上
□② 声なき蝉《こえなきせみ》 下

交代寄合伊那衆異聞《こうたいよりあいいなしゅういぶん》

講談社文庫

□① 変化《へんげ》
□② 雷鳴《らいめい》
□③ 風雲《ふううん》
□④ 邪宗《じゃしゅう》
□⑤ 阿片《あへん》
□⑥ 攘夷《じょうい》
□⑦ 上海《しゃんはい》
□⑧ 黙契《もっけい》
□⑨ 御暇《おいとま》
□⑩ 難航《なんこう》
□⑪ 海戦《かいせん》
□⑫ 謁見《えっけん》
□⑬ 交易《こうえき》
□⑭ 朝廷《ちょうてい》
□⑮ 混沌《こんとん》
□⑯ 断絶《だんぜつ》
□⑰ 散斬《ざんぎり》
□⑱ 再会《さいかい》
□⑲ 茶葉《ちゃば》
□⑳ 開港《かいこう》
□㉑ 暗殺《あんさつ》
□㉒ 血脈《けつみゃく》
□㉓ 飛躍《ひやく》

【シリーズ完結】

長崎絵師通吏辰次郎《ながさきえしとおりしんじろう》

ハルキ文庫

□① 悲愁の剣《ひしゅうのけん》
□② 白虎の剣《びゃっこのけん》

夏目影二郎始末旅《なつめえいじろうしまつたび》

光文社文庫

□① 八州狩り《はっしゅうがり》
□② 代官狩り《だいかんがり》
□③ 破牢狩り《はろうがり》
□④ 妖怪狩り《ようかいがり》

キリトリ線

キリトリ線

□⑤百鬼狩り ひゃっきがり
□⑥下忍狩り げにんがり
□⑦五家狩り ごけがり
□⑧鉄砲狩り てっぽうがり
□⑨奸臣狩り かんしんがり
□⑩役者狩り やくしゃがり
□⑪秋帆狩り しゅうはんがり
□⑫鵺女狩り ぬえめがり
□⑬忠治狩り ちゅうじがり
□⑭奨金狩り しょうきんがり
□⑮神君狩り しんくんがり
【シリーズ完結】

□シリーズガイドブック **夏目影二郎「狩り」読本**（特別書き下ろし小説・シリーズ番外編「位の桃井に鬼が棲む」収録）

秘剣 ひけん　祥伝社文庫

□①**秘剣雪割り** 悪松・棄郷編 ひけんゆきわり わるまつ・ききょうへん
□②**秘剣瀑流返し** 悪松・対決「鎌鼬」 ひけんばくりゅうがえし わるまつ・たいけつかまいたち
□③**秘剣乱舞** 悪松・百人斬り ひけんらんぶ わるまつ・ひゃくにんぎり
□④**秘剣孤座** ひけんこざ
□⑤**秘剣流亡** ひけんりゅうぼう

古着屋総兵衛初傳 ふるぎやそうべえしょでん　新潮文庫

□**光圀** みつくに （新潮文庫百年特別書き下ろし作品）

古着屋総兵衛影始末 ふるぎやそうべえかげしまつ

新潮文庫

□① 死闘 しとう
□② 異心 いしん
□③ 抹殺 まっさつ
□④ 停止 ちょうじ
□⑤ 熱風 ねっぷう
□⑥ 朱印 しゅいん
□⑦ 雄飛 ゆうひ
□⑧ 知略 ちりゃく
□⑨ 難破 なんぱ
□⑩ 交趾 こうち
□⑪ 帰還 きかん
【シリーズ完結】

新・古着屋総兵衛 しん・ふるぎやそうべえ

新潮文庫

□① 血に非ず ちにあらず
□② 百年の呪い ひゃくねんののろい
□③ 日光代参 にっこうだいさん
□④ 南へ舵を みなみへかじを
□⑤ ○に十の字 まるにじゅのじ
□⑥ 転び者 ころびもん
□⑦ 二都騒乱 にとそうらん
□⑧ 安南から刺客 アンナンからしかく
□⑨ たそがれ歌麿 たそがれうたまろ
□⑩ 異国の影 いこくのかげ
□⑪ 八州探訪 はっしゅうたんぽう
□⑫ 死の舞い しのまい
□⑬ 虎の尾を踏む とらのおをふむ

密命 みつめい／完本 密命 かんぽん みつめい

※新装改訂版の「完本」を随時刊行中

祥伝社文庫

□① 完本 密命 見参！ 寒月霞斬り けんざん かんげつかすみぎり
□② 完本 密命 弦月三十二人斬り げんげつさんじゅうににんぎり
□③ 完本 密命 残月無想斬り ざんげつむそうぎり
□④ 完本 密命 刺客 斬月剣 しかく ざんげつけん
□⑤ 完本 密命 火頭 紅蓮剣 かとう ぐれんけん
□⑥ 完本 密命 兇刃 一期一殺 きょうじん いちごいっさつ

キリトリ線

キリトリ線

□ ⑦ 完本 **密命** 初陣 霜夜炎返し　ういじん　そうやほむらがえし
□ ⑧ 完本 **密命** 悲恋 尾張柳生剣　ひれん　おわりやぎゅうけん
□ ⑨ 完本 **密命** 極意 御庭番斬殺　ごくい　おにわばんざんさつ
□ ⑩ 完本 **密命** 遺恨 影ノ剣　いこん　かげのけん
□ ⑪ 完本 **密命** 残夢 熊野秘法剣　ざんむ　くまのひほうけん
□ ⑫ 完本 **密命** 乱雲 傀儡剣合わせ鏡　らんうん　くぐつけんあわせかがみ
□ ⑬ 完本 **密命** 追善 死の舞　ついぜん　しのまい
□ ⑭ 完本 **密命** 遠謀 血の絆　えんぼう　ちのきずな
□ ⑮ 完本 **密命** 無刀 父子鷹　むとう　おやこだか
□ ⑯ 完本 **密命** 烏鷺 飛鳥山黒白　うろ　あすかやまこくびゃく
□ ⑰ 完本 **密命** 初心 闇参籠　しょしん　やみさんろう
□ ⑱ 完本 **密命** 遺髪 加賀の変　いはつ　かがのへん
□ ⑲ 完本 **密命** 意地 具足武者の怪　いじ　ぐそくむしゃのかい

【旧装版】

□ ⑳ **宣告** 雪中行　せんこく　せっちゅうこう
□ ㉑ **相剋** 陸奥巴波　そうこく　みちのくともえなみ
□ ㉒ **再生** 恐山地吹雪　さいせい　おそれざんじふぶき
□ ㉓ **仇敵** 決戦前夜　きゅうてき　けっせんぜんや
□ ㉔ **切羽** 潰し合い中山道　せっぱ　つぶしあいなかせんどう
□ ㉕ **覇者** 上覧剣術大試合　はしゃ　じょうらんけんじゅつおおじあい
□ ㉖ **晩節** 終の一刀　ばんせつ　ついのいっとう

【シリーズ完結】

□ シリーズガイドブック**「密命」読本**（特別書き下ろし小説・シリーズ番外編「虚けの龍」収録）

小籐次青春抄　ことうじせいしゅんしょう　文春文庫

□ **品川の騒ぎ・野鍛冶**　しながわのさわぎ　のかじ

酔いどれ小籐次 よいどれことうじ

文春文庫

□①御鑓拝借 おやりはいしゃく
□②意地に候 いじにそうろう
□③寄残花恋 のこりはなよするこい
□④一首千両 ひとくびせんりょう
□⑤孫六兼元 まごろくかねもと
□⑥騒乱前夜 そうらんぜんや
□⑦子育て侍 こそだてざむらい
□⑧竜笛嫋々 りゅうてきじょうじょう
□⑨春雷道中 しゅんらいどうちゅう
〈決定版〉随時刊行予定

□⑩薫風鯉幟 くんぷうこいのぼり
□⑪偽小籐次 にせことうじ
□⑫杜若艶姿 とじゃくあですがた
□⑬野分一過 のわきいっか
□⑭冬日淡々 ふゆびたんたん
□⑮新春歌会 しんしゅんうたかい
□⑯旧主再会 きゅうしゅさいかい
□⑰祝言日和 しゅうげんびより
□⑱政宗遺訓 まさむねいくん
□⑲状箱騒動 じょうばこそうどう

新・酔いどれ小籐次 しん・よいどれことうじ

文春文庫

□①神隠し かみかくし
□②願かけ がんかけ
□③桜吹雪 はなふぶき
□④姉と弟 あねとおとうと

□⑤柳に風 やなぎにかぜ
□⑥らくだ らくだ
□⑦大晦り おおつごもり

キリトリ線

キリトリ線

吉原裏同心 よしわらうらどうしん

光文社文庫

- □ ①流離 りゅうり
- □ ②足抜 あしぬき
- □ ③見番 けんばん
- □ ④清搔 すががき
- □ ⑤初花 はつはな
- □ ⑥遣手 やりて
- □ ⑦枕絵 まくらえ
- □ ⑧炎上 えんじょう
- □ ⑨仮宅 かりたく
- □ ⑩沽券 こけん
- □ ⑪異館 いかん
- □ ⑫再建 さいけん
- □ ⑬布石 ふせき
- □ ⑭決着 けっちゃく
- □ ⑮愛憎 あいぞう
- □ ⑯仇討 あだうち
- □ ⑰夜桜 よざくら
- □ ⑱無宿 むしゅく
- □ ⑲未決 みけつ
- □ ⑳髪結 かみゆい
- □ ㉑遺文 いぶん
- □ ㉒夢幻 むげん
- □ ㉓狐舞 きつねまい
- □ ㉔始末 しまつ
- □ ㉕流鶯 りゅうおう

- □ シリーズ副読本 佐伯泰英「吉原裏同心」読本

シリーズ外作品

ハルキ文庫

- □ 異風者 いひゅもん

（　）内は解説者。品切の節はご容赦下さい。

あさのあつこ
燦《さん》 1 風の刃《やいば》
疾風のように現れ、藩主を襲った異能の刺客・燦。彼と剣を交えた家老の嫡男・伊月。別世界で生きていた二人には隠された宿命があった。少年の葛藤と成長を描く文庫オリジナルシリーズ。
あ-43-5

あさのあつこ
燦 2 光の刃
江戸での生活がはじまった。伊月は藩の世継ぎ・圭寿と大名屋敷住まい。長屋暮らしの燦と、伊月が出会った矢先に不吉な知らせが。少年が江戸を奔走する文庫オリジナルシリーズ第二弾！
あ-43-6

あさのあつこ
燦 3 土の刃
「圭寿、死ね」。江戸の大名屋敷に暮らす田鶴藩の後嗣に、闇から男が襲いかかった。静寂を切り裂き、忍び寄る魔の手の正体は。そのとき伊月は、燦は。文庫オリジナルシリーズ第三弾。
あ-43-8

あさのあつこ
燦 4 炎の刃
「闇神波は我らを根絶やしにする気だ」。江戸で男が次々と斬りつけられる中、燦は争う者の手触りを感じる。一方、伊月は圭寿の亡き兄の側室から面会を求められる。シリーズ第四弾。
あ-43-11

あさのあつこ
燦 5 氷の刃
表に立たざるをえなくなった田鶴藩の後嗣・圭寿、彼に寄り添う伊月、そして闇神波の生き残りと出会った燦。圭寿の亡き兄が寵愛した妖婦・静門院により、少年たちの関係にも変化が。
あ-43-14

あさのあつこ
燦 6 花の刃
「手伝ってくれ、燦。頼む」藩政を立て直す覚悟を決めた圭寿は燦に協力を仰ぐ。静門院とお吉のふたりの女子は、驚くべき方法で伊月と圭寿に近づくが——。急展開の第六弾。
あ-43-15

井川香四郎
男ッ晴れ　樽屋三四郎　言上帳
奉行所の目が届かない江戸庶民の人情と事情に目配りし、事件を未然に防ぐ闇の集団・百眼《ひゃくまなこ》と、見かけは軽薄だが熱く人間を信じる若旦那・三四郎が活躍する書き下ろしシリーズ第1弾。
い-79-1

文春文庫　書きおろし時代小説

（　）内は解説者。品切の節はご容赦下さい。

井川香四郎
ごうつく長屋
樽屋三四郎　言上帳

長屋の取り壊し問題で争う地主と家主、津波で壊滅した町の再建に文句ばかりで自分では動かない住人たち。百眼の潜入捜査、名主たちとの連携プレーで力を尽くす三四郎シリーズ第2弾。

い-79-2

井川香四郎
まわり舞台
樽屋三四郎　言上帳

幼馴染の佳乃と出かけた芝居小屋が狐面の男たちにのっとられた！　観客を人質に無茶な要求をする彼らの狙いとは？　清濁あわせのむことを覚えつつ、成長する三四郎シリーズ第3弾。

い-79-3

井川香四郎
月を鏡に
樽屋三四郎　言上帳

借金を返せない武士が連れて行かれたのは寺子屋。「子どもを教えろ」という貸主の背後には陰謀が渦巻いていた。樽屋には今日も江戸中から揉め事が持ち込まれる。三四郎シリーズ第4弾。

い-79-4

井川香四郎
福むすめ
樽屋三四郎　言上帳

貧乏にあえぐ親が双子の姉妹の姉だけ吉原に売った。長じて再会した時、姉は盗賊の情婦だった。「吉原はつぶすべきです！」庶民の幸せのため奉行に訴える三四郎。熱いシリーズ第5弾。

い-79-5

井川香四郎
ぼうふら人生
樽屋三四郎　言上帳

川に大量の油が流れ出た！　大打撃を受けた漁師たちが日本橋の樽屋屋敷に押しかけた。被害を抑えようと、率先して走り回る三四郎だったが、そんな時——男前シリーズ第6弾。

い-79-6

井川香四郎
片棒
樽屋三四郎　言上帳

富籤で千両を当てた興奮で心臓が止まった金物屋。死体を運ぶことになった駕籠かきの二人組は事件に巻き込まれる。金のために人を殺めるのは誰だ？　正念場のシリーズ第7弾。

い-79-7

井川香四郎
雀のなみだ
樽屋三四郎　言上帳

銅吹所からたれ流される鉱毒に汚された町で体調不良に苦しむ町人。「こんな雀の涙みたいな金で故郷を捨てろというのか！」大規模な問題に立ち向かう三四郎。シリーズ第8弾。

い-79-8

文春文庫　書きおろし時代小説

（　）内は解説者。品切の節はご容赦下さい。

井川香四郎
夢が疾《はし》る
樽屋三四郎　言上帳
落語家の夫に絶望して家出した女房の前に、役者のようなイケメンが現れる。「目の前の人を救うことから社会は良くなる」信念を持つ三四郎は夫婦のために奔走する。シリーズ第9弾。
い-79-9

井川香四郎
長屋の若君
樽屋三四郎　言上帳
深川の長屋に、「若」と呼ばれ住人に可愛がられる利発な少年が住んでいる。しかし彼を手習い所で教える佳乃には気がかりなことが。子供が幸せに育つ町を作る！　シリーズ第10弾。
い-79-10

井川香四郎
かっぱ夫婦
樽屋三四郎　言上帳
ガラクタさえも預かる質屋を営み、店子の暮しを支える長屋の大家夫婦。だが悪徳高利貸しが立ち退きを迫り――。敢然と立ち上がった三四郎の痛快なる活躍を描く、シリーズ第11弾。
い-79-11

井川香四郎
おかげ横丁
樽屋三四郎　言上帳
江戸の台所である日本橋の魚河岸に、移転話が持ち上がった。私欲の為に計画をゴリ押しする老中に、三四郎は反対の声をあげるが、関わる人物が次々と殺されて――。シリーズ第12弾。
い-79-12

井川香四郎
狸の嫁入り
樽屋三四郎　言上帳
桐油屋「橘屋」に届いた、行方知れずの跡取り息子・佐太郎の訃報。だが、とある絵草紙屋の男を死んだはずの佐太郎と疑う浪人が現れた。浪人の狙いは、果たして。シリーズ第13弾。
い-79-13

井川香四郎
近松殺し
樽屋三四郎　言上帳
身投げしようとした商家の手代を助けた謎の老人。百両ばかり入った財布を放り出して去ったこの男、どうやら近松門左衛門と浅からぬ因縁があるらしい――。シリーズ第14弾。
い-79-14

井川香四郎
高砂や
樽屋三四郎　言上帳
将軍吉宗が観能中の江戸城内に、凧のような物体が飛来するなど、不穏な江戸の町。そんななか、佳乃が誘拐される。三四郎は許嫁を救出できるか。大好評シリーズ、感動と驚愕の大団円。
い-79-15

（　）内は解説者。品切の節はご容赦下さい。

篠　綾子
紅い風車
更紗屋おりん雛形帖
勘当され行方知れずとなっていた兄・紀兵衛と再会したおりん。喜びもつかの間、兄の修業先・神田紺屋町で起こった染師毒殺事件の犯人として紀兵衛が捕縛されてしまう。（岩井三四二）
し-56-3

篠　綾子
山吹の炎
更紗屋おりん雛形帖
ついに神田に店を出すことになり更紗屋再興に近づいたおりん。ところが大火で店が焼けてしまう。身を寄せた寺で出会ったお七という少女が、おりんの恋に暗い翳を落とす。（大矢博子）
し-56-4

鳥羽　亮
鬼彦組
八丁堀吟味帳
北町奉行所同心の惨殺屍体が発見された。自殺にみせかけた殺人事件を捜査しているうちに、消されたらしい。吟味方与力・彦坂新十郎と仲間の同心達は奮い立つ！　シリーズ第1弾！
と-26-1

鳥羽　亮
謀殺
八丁堀吟味帳「鬼彦組」
呉服屋「福田屋」の手代が殺された。さらに数日後、番頭らが辻斬りに。尋常ならぬ事態に北町奉行所吟味方与力・彦坂新十郎の率いる精鋭同心衆「鬼彦組」が捜査に乗り出した。シリーズ第2弾。
と-26-2

鳥羽　亮
闇の首魁
八丁堀吟味帳「鬼彦組」
複雑な事件を協力しあって捜査する「鬼彦組」に、同じ奉行所内の上司や同僚が立ちふさがった。背後に潜む町方を越える幕府の闇に、男たちは静かに怒りの火を燃やす。シリーズ第3弾。
と-26-3

鳥羽　亮
裏切り
八丁堀吟味帳「鬼彦組」
日本橋の両替商を襲った強盗殺人。手口を見ると殺しのほかは十年前に巷を騒がした強盗「穴熊」と同じ。だが昔の一味は、鬼彦組の捜査を先廻りするように殺されていた。シリーズ第4弾。
と-26-4

鳥羽　亮
はやり薬《ぐすり》
八丁堀吟味帳「鬼彦組」
江戸の町に流行風邪が蔓延。人気医者・玄泉が出す万寿丸は飛ぶように売れたが、効かないと直言していた町医者が殺された。いぶかしむ鬼彦組が聞きこみを始めると——。シリーズ第5弾。
と-26-5

（　）内は解説者。品切の節はご容赦下さい。

鳥羽 亮
八丁堀吟味帳「鬼彦組」
謎小町

先ごろ江戸を騒がす「千住小僧」を追っていた同心が殺された！後を追う北町奉行所特別捜査班・鬼彦組に、闇の者どもの「親子の情」が立ちふさがった。大人気シリーズ第6弾！

と-26-6

鳥羽 亮
八丁堀吟味帳「鬼彦組」
心変り

幕府の御用だと偽り戸を開けさせ強盗殺人を働く「御用党」。北町奉行所の特別捜査班・鬼彦組に追い詰められた彼らは、女医師を人質にとるという暴挙にでた！　大人気シリーズ第7弾。

と-26-7

鳥羽 亮
八丁堀吟味帳「鬼彦組」
惑い月

賭場を探っていた岡っ引きが惨殺された。手札を切っていた同心にも脅迫が——。精鋭同心衆の「鬼彦組」が動き出す！　倉田佐之助の剣が冴える、人気書き下ろし時代小説第8弾。

と-26-8

鳥羽 亮
八丁堀吟味帳「鬼彦組」
七変化

同心・田上与四郎の御用聞きが殺された。与力の彦坂新十郎は事件の背後に自害しているはずの「目黒の甚兵衛」の影を感じる——果たして真相は？　人気書き下ろし時代小説第9弾。

と-26-9

野口 卓
ご隠居さん

腕利きの鏡磨ぎ師・梟助じいさん。江戸に暮らす人々の家に入り込み、落語や書物の教養をもって面白い話を披露、時には事件を鮮やかに解決します。待望の新シリーズ。（柳家小満ん）

の-20-1

野口 卓
心の鏡
ご隠居さん㈡

古き鏡に魂あり。誠心誠意磨いたら心を開いてくれるでしょう——古い鏡にただならぬものを感じ精進潔斎して鏡磨ぎの仕事に挑む表題作など全五篇。人気シリーズ第二弾。（生島　淳）

の-20-2

野口 卓
犬の証言
ご隠居さん㈢

五歳で死んだ一人息子が見知らぬ夫婦の子として生れ変っていた？　愛犬クロのとった行動に半信半疑の両親は——鏡磨ぎの梟助じいさんが様々な「絆」を紡ぐ傑作五篇。（北上次郎）

の-20-3

（　）内は解説者。品切の節はご容赦下さい。

藤原緋沙子
切り絵図屋清七
ふたり静

絵双紙本屋の「紀の字屋」を主人から譲られた浪人・清七郎は、人助けのために江戸の絵地図を刊行しようと思い立つ。人情味あふれる時代小説書下ろし新シリーズ誕生！　（縄田一男）

ふ-31-1

藤原緋沙子
切り絵図屋清七
紅染の雨

武家を離れ、町人として生きる決意をした清七。与一郎や小平次らと切り絵図制作を始めるが、紀の字屋を託してくれた藤兵衛からおゆりの行動を探るよう頼まれて……。新シリーズ第二弾。

ふ-31-2

藤原緋沙子
切り絵図屋清七
飛び梅

父が何者かに襲われ、勘定所に関わる大きな不正に気づく清七。武家に戻り、実家を守るべきなのか。切り絵図屋も軌道に乗ったばかりだが――。シリーズ第三弾。

ふ-31-3

藤原緋沙子
切り絵図屋清七
栗めし

二つの殺しの背後に浮上したある同心の名から、勘定奉行の関わる大きな陰謀が見えてきた――大切な人を守るべく、清七と切り絵図屋の仲間が立ち上がる！　人気シリーズ第四弾。

ふ-31-4

山口恵以子
小町殺し

錦絵「艶姿五人小町」に描かれた美女たちが、左手の小指を切り取られて続けざまに殺された。これは錦絵をめぐる連続猟奇殺人なのか？　女剣士・おれんは下手人を追う。　（香山二三郎）

や-53-2

蜂谷　涼
月影の道
小説・新島八重

NHK大河ドラマの主人公・新島八重――壮絶な籠城戦に男装で参加、「幕末のジャンヌ・ダルク」と呼ばれた女性の人生を、女心を描いて定評ある著者がドラマティックに描いた長編。

は-35-4